JAN VAN RENESSE

Empty Rooms

„Willst du noch ein Stück mit mir gehen? Und damit meine ich jetzt nicht hier am Strand entlang. In meinem Leben, in unserem Leben?"

Jürgen und Rosalie kümmern sich auch nach der Trennung liebevoll gemeinsam um ihren Sohn Louis und um Juliette, Rosalies Tochter aus einer früheren Beziehung. Beide verbindet nach wie vor eine freundschaftliche Beziehung, die gelegentlich im Schlafzimmer mit schnellem Sex besiegelt wird.

Und auch wenn der Alltag einfach und unkompliziert, also fast perfekt erscheint, ist perfekt manchmal nicht genug.

In Jürgen brennt die Sehnsucht nach einer ganz normalen Familie und so schlägt er Rosalie vor, gemeinsam mit den Kindern in den Urlaub zu fahren, um einem Neuanfang in der Beziehung eine Chance zu geben.

Gut gelaunt und mit Erich, einem guten Freund, als „Beziehungscoach" im Schlepptau fahren sie nach Cadzand, an die niederländisch-belgische Küste.

Als die Nachricht vom Jugendamt eintrifft, dass Juliette, die auf keinen Fall mit in den Urlaub wollte, von der Polizei verhaftet wurde, beginnen für Jürgen und Rosalie turbulente Stunden.

JAN VAN RENESSE

Empty Rooms

Bibliografische Information der Deutschen Nationalbibliothek: Die Deutsche Nationalbibliothek verzeichnet diese Publikation in der Deutschen Nationalbibliografie; detaillierte bibliografische Daten sind im Internet über dnb.dnb.de abrufbar.

© 2025 – JAN VAN RENESSE
Verlag:
BoD · Books on Demand GmbH, Überseering 33, 22297 Hamburg, bod@bod.de
Druck:
Libri Plureos GmbH, Friedensallee 273, 22763 Hamburg

ISBN: **978-3-8192-6321-7**

JAN VAN RENESSE

„Prolog"

Vor zwei Tagen waren Rosalie und Jürgen in ihrem Feriendomizil angekommen, ein schickes Apartment in einer uniformen, klotzartigen Ferienanlage, direkt am Meer – in Cadzand Bad. Dieser Urlaub sollte die beiden wieder einander näherbringen, so zumindest ihr gemeinsamer Gedanke, ihr Wunschdenken. Als Familie, als „Mann und Frau". Denn schon seit längerer Zeit hatten sie sich auseinandergelebt, ganz offensichtlich –lebten bereits in getrennten Wohnungen. Rosalie mit den Kindern, Jürgen hingegen allein – ohne Familie und ohne familiäre Bindung.

Lediglich an den Wochenenden sahen sie sich, Rosalie brachte ihren gemeinsamen Sohn freitags zur „Feierabendzeit", der dann zwei Tage bei seinem Vater blieb. „Unter der Woche" gab es keinen Kontakt, jeder lebte sein Leben und ging „seines Weges". Manchmal blieb Rosalie noch eine Weile, während Louis, ihr gemeinsamer Sohn, sich dann in „seinem Zimmer", seinem Zimmer auf Zeit, beschäftigte. Redeten aber nicht wirklich über sich, über Erlebtes – dazu waren sie irgendwie nicht im Stande, zu sehr herrschte „Sprachlosigkeit" zwischen den beiden.

Statt sich ihres Unvermögens klar zu werden, sich auszutauschen, mit Worten, schliefen sie miteinander. Hastig, flüchtig, ungezügelt, völlig unromantisch, schnelle Nummer auf der Couchgarnitur – aber dennoch still und leise – nebenan spielte ein Kind, das am Besten erst gar nicht mitbekam was sie trieben - und es wahrscheinlich auch nicht verstehen würde.

Aller Vernunft zuwider – auf Kopfebene klappte es nicht mehr zwischen den beiden, aber das körperliche Verlangen nacheinander war auf beiden Seiten nicht nur „noch vorhanden", wollte auch schnellstmöglich befriedigt werden. Mal eben ein bisschen ficken, wortlos. Während des Sex. Vorher. Nachher. Kein Geplänkel. Kein Vorspiel. Keine Zärtlichkeiten. Keine Küsse – nichts – einfach nur „mal eben vögeln". Die Triebhaftigkeit ausleben. Das funktionierte zwischen beiden noch. Die Anziehungskraft der Körper. Aber bloss nicht reden. Nichts ergründen. Das endete in Streiterei.

Vor ein paar Wochen hatte Jürgen Rosalie den Vorschlag unterbreitet „Wollen wir nicht zusammen in Urlaub fahren, als Familie?" Damit hatte er wirklich alle mit einbezogen, auch Louis' Schwester Juliette. Sie war zwar nicht seine leibliche Tochter, was aber nichts, rein gar nichts zu bedeuten hatte. Mittlerweile lebten sie als „Familie" seit fast 14 Jahren zusammen. Jürgen sprach von Juliette auch nicht selten von „meiner Tochter", obwohl sie das nicht war. Und auch Juliette, wenn ihr irgendwas gegen den Strich ging, das besonders betonte. „Du hast mir gar nichts zu sagen, du bist nicht mein Vater". Aber das war wohl normal in ihrem jetzigen Lebensabschnitt als „Pubertier".

„Glaubst du das ist eine gute Idee? Das bringt etwas für unsere Beziehung? Die doch eigentlich schon gar keine mehr ist?" äusserte Rosalie ihre Bedenken zum Reisevorschlag. „Was erhoffst du dir daraus? Willst du denn überhaupt noch, dass es mit uns wieder wird?"

Was er sich erhoffte konnte Jürgen nicht konkret beantworten, dass er „wollte, dass es wird" dafür umso klarer. „Ja, das will ich, das wäre schön, das wünsche ich mir". Rosalie küsste ihn, nach langer, langer Zeit – richtig und innig. „Dann lass' es uns versuchen. Aber du arrangierst alles. Wir fahren einfach nur mit. Mit der ganzen Planung will ich nichts zu tun haben".

Während der darauffolgenden Tage nutzte Jürgen immer wieder die Möglichkeit des Internets um nach einem Angebot zu suchen. Nicht nur dank seiner beruflichen Tätigkeit in einer Werbeagentur hatte er Zugang zu Computer zur Recherche, sein Job bot ihm viel Freiraum – und war überdies extrem gut bezahlt. So gut, dass er sich gleich zwei Autos leisten konnte, beides „dicke Panzer", Volvo Kombi. Darüber hinaus auch exzellente, geräumige und zuverlässige

Reisemobile, die ihrer Namensherkunft „Ich rolle" absolut gerecht wurden.

Wieder einmal war Wochenende, Rosalie brachte Louis zu Jürgen. Und – oh Wunder – zwischen den beiden, Rosalie und Jürgen, ging es nach der „Kinderübergabe" nicht um Sex, sondern um den anstehenden gemeinsamen Urlaub.

Einige Orte zur Auswahl konnte er ihr präsentieren, vorschlagen, die von ihm im Büro ausgedruckten Infos auf dem Küchentisch ausbreitend. Allesamt am Meer, in den Niederlanden. „Nicht weit entfernt von unserem Wohnort, also keine langen Fahrtzeiten".

„Wie findest du die Idee, dass wir mit Freunden zusammenfahren?" Jürgen sah Rosalie fragend an. „Ja, nicht alleine, also wir allein, sondern noch mit jemand dabei, der uns begleitet. Nicht nur als Urlaubsbegleitung, uns auch in unserer Beziehung helfen kann. Wie wäre es mit deinem Freund Erich?"

Jürgens Begeisterung hielt sich in Grenzen, das liess er aber nicht erkennen. „Meinst du das bringt was?" Rosalie nickte. „Ja, ein Aussenstehender kann uns helfen, ganz bestimmt. Und ihr seid doch dicke Freunde. Ausserdem kann Louis dann mit Erichs Tochter spielen. Das ist doch auch ganz wichtig".

Wirklich überzeugt war Jürgen von dem Vorschlag nicht. Rosalie schob die auf dem Küchentisch ausgebreiteten Ausdrucke zusammen. „Ich muss jetzt los. Aber wenn du willst komme ich heute Abend noch mal vorbei – und wir reden weiter". Relativ entgeistert sah er sie an. „Wie? Heute Abend?" „Ja, später. Ich muss jetzt echt los". Immer noch perplex stammelte er etwas vor sich hin. „Also heisst das, dass du, dass ihr mit mir wegfahrt?"

„Ja, das heisst das. Und wir können nachher weiterreden". Rosalie sah Jürgen eindringlich an. „Reden. Und das meine ich jetzt auch. Reden, sonst nichts". Jürgens Herz klopfte schneller. „Sehr gerne. Ich freu' mich auf deinen Besuch".

Rosalie ging noch ins Kinderzimmer, verabschiedete sich von Louis. „Ich muss noch ein paar Sachen erledigen. Viel Spass mit Papa, macht was Schönes". Gab Louis einen Kuss, hielt kurz inne. „Ich komm' nachher noch mal vorbei, vielleicht können wir dann sogar morgen zusammen frühstücken. Würde dir das gefallen?" Louis umarmte sie. „Ja Mama".

Rosalie kam aus der Hocke empor, in die sie gegangen war um mit Louis auf „Augenhöhe" zu sprechen, sah Jürgen an als er sie zur Haustür begleitete. „Also, bis nachher. Ich weiss nicht genau wann, aber bis nachher".

Jürgen ging ins Kinderzimmer. Louis lag wieder auf seinem Bett, schmökerte in der neuesten Ausgabe der „Micky Maus". Das war zu einer Art Ritual geworden. Sowohl für ihn als auch für Jürgen. Bevor er zu ihm kam besorgte Jürgen am Zeitungskiosk die neueste Comic-Ausgabe. „Was wollen wir denn so machen? Hast du einen bestimmten Wunsch?" Louis sah kurz vom Heftchen auf. „Kann der Stefan kommen?"

Stefan war sein bester Freund, sie verbrachten viel Zeit zusammen, spielten, machten Blödsinn, lachten, bauten sich Szenarien mit „Lego Bionicle", was Jungs halt so machen im Alter zwischen sechs und acht. Unbeschwert sein eben. „Klar, willst du ihn anrufen?"

Louis wählte Stefans Nummer, wechselte ein paar Worte mit ihm, schaute kurz zu seinem Vater. „Kann er auch hier schlafen?" Jürgen nickte Louis zu. „Klar".

Hinter seiner Couchgarnitur hatte Jürgen eine Matratze verstaut, für Besucher, von daher war das überhaupt kein Problem. Und Louis machte es glücklich seinen Freund um sich zu haben, einen Spielkameraden. Zumal in der Gegend, in der

Jürgen wohnte meist ältere Menschen lebten, kaum bis gar keine Kinder, nicht in seinem Alter. Und es war schliesslich Wochenende. Keine Schule, einfach nur Freizeit.

Stefan war mit seinem Fahrrad gekommen, er wohnte nicht weit entfernt, im gleichen Stadtteil wie Louis - knapp drei Kilometer entfernt – wo sie auch die gleiche Schule besuchten, im gleichen Sportverein waren. Richtige Freunde eben.

Bis in die frühen Abendstunden drang Gelächter der Jungs aus dem Kinderzimmer, sie hatten ihren Spass.

Nach dem gemeinsamen Abendessen bereitete Jürgen die Schlafstätte für Stefan vor, brachte die Matratze ins Zimmer. Es dauerte naturgemäss noch recht lange bis dann endlich „Ruhe" bei den Jungs eingekehrt war und sie akustisch signalisierten, dass sie eingeschlafen waren.

JAN VAN RENESSE

„Zwei Rabauken"

„Prima, dann kannst du dir ein Bier aufmachen" machte Jürgen sich in der Küche zu schaffen. Ein wenig aufräumen und dann vor die Glotze hängen – das schien angebracht. Dabei fielen ihm aber die Papierausdrucke der Urlaubsplanung wieder in die Finger. Hatte er gänzlich verdrängt, vergessen.

Und auch erst als die Haustürklingel Besuch ankündigte fiel ihm der Rest wieder ein. Rosalie hatte doch gesagt, dass sie „später" nochmals vorbeischauen wolle. In der Küche blickte er auf die Uhr, gleich Mitternacht. Jürgen eilte in den Hausflur, öffnete die Türe, sah ins Treppenhaus. Seine Wohnung lag im „Hochparterre", so hatte er direkten Blick auf das Treppenhaus.

Mit einem grinsenden Gesicht betrat Rosalie den Hauseingang, fahl beleuchtete die Deckenleuchte ihre Gestalt. Mit einem an die Lippen gelegten Finger wollte Jürgen ihr signalisieren leise zu sein – die Kinder schliefen.

„Mit dir habe ich nicht mehr gerechnet" begrüsste er Rosalie. Erstaunt und irgendwie aufgeregt zugleich. „Komm' rein". „Ja, sorry, ist echt spät geworden". Rosalie warf ihre Jacke über einen Stuhl in der Küche. „Wir haben uns einfach festgequatscht" erklärte sie ihr spätes, sehr spätes Erscheinen. „Hast du gewartet?" Wahrheitsgemäss musste Jürgen das verneinen. „Ne, ich hab' das völlig vergessen".

Rosalie setzte sich an den Küchentisch, zog Tabak und Zigarettenpapier aus ihrer Handtasche, drehte sich eine Zigarette, zog daran, atmete den inhalierten Rauch wieder aus. „Hast du denn noch Lust mit mir zu reden? Kann ich hier schlafen?" Damit hatte er jetzt nicht wirklich gerechnet. Weder, dass sie zu so später Stunde noch vorbeikam, auch mit der Frage nach dem Schlafen nicht. „Stefan ist hier bei Louis – und er hat die Gästematratze, also …".

„Na, dann bei dir im Bett. Und wir reden dann über deine Pläne". Nicht nur aus Unsicherheit drehte er sich ebenfalls eine Zigarette, so hatte er zumindest etwas um sich dran festzuhalten. „Wir beide in einem Bett? Weißt du wie lange das her ist?" Ihre Blicke trafen sich. Rosalie drückte ihre Zigarette im Ascher aus. „Oder hast du Angst das was passiert?" Was meinte sie mit „passiert"? Jürgen griff zu ihrer Hand, die noch immer im Ascher stocherte. „Ich hab' keine Angst, egal wovor auch immer".

Was natürlich Blödsinn war, jeder Mensch hat vor irgendetwas Angst, selbst wenn er – oder sie - es nicht zugibt. Sollte er das jetzt sagen? Eher nicht, zumal er wirklich keine Angst hatte, im Moment nicht – und insbesondere nicht, sich mit ihr in ein Bett zu legen. In sein Bett.

„Dann komm', lass' uns ins Bett gehen. Bring' die ganzen Papiere mit, zeig' mir was du rausgesucht hast". Rosalie war aufgestanden, um ins Schlafzimmer zu gehen. Naja, Schlafzimmer – das war eine Kombination aus Wohn- und Schlafzimmer, Jürgen hatte lediglich eine kleine Wohnung. Zwei Zimmer, Küche, Diele, Bad. Und eines der Zimmer war Louis' Zimmer. Und sein eigenes Bett war eine so genannte Schlafcouch.

Nur noch mit einem Slip bekleidet huschte Rosalie an ihm vorbei, Richtung Badezimmer. Durch die angelehnte Badezimmertür hörte er wie sie in die Porzellanschüssel pinkelte, dann den Wasserstrahl aus dem Wasserhahn am Waschbecken. „Brauchst du ein frisches Handtuch?" rief er, besser gesagt, flüsterte er durch den Türspalt, ohne das Bad zu betreten. „Nein, ist doch alles da. Machst du uns das Bett zurecht?"

Jürgen schob den Couchtisch beiseite, schaltete den Fernseher aus und arrangierte die Couch zu einem Bett um. „Frische Bettwäsche" schoss es ihm durch den Kopf und bemerkte, während er Bettlaken und Bettzeug aus dem

Schrank kramte, wie sehr aufgeregt er war. Fast so als würde zum ersten Male eine Frau in sein Bett kommen. Dabei war es doch ganz und gar nicht so. Hunderte von Nächten hatte er mit Rosalie gemeinsam im Bett verbracht. Nur eben die letzten Wochen nicht. Und auch hatte er mit allem gerechnet, nur nicht, dass sie sich gleich gemeinsam „ablegten".

Rosalie hatte sich bereits unter das Plumeau gelegt, aus der Küche hatte er die „Reiseunterlagen" geholt, reichte sie ihr an, begann sich auch zu entkleiden. T-Shirt und Unterhose behielt er an, stieg etwas unbeholfen zu ihr ins Bett. Auf dem Rücken liegend, die Papierblätter in die Höhe haltend, schmunzelte Rosalie ihn an. „Hast aber doch Angst, oder? Angst vor mir?"

„Nein". Es war auch keine Angst, er war einfach unsicher, ob der Situation. Rosalie fasste nach seinem Arm, legte ihn um ihre Schulter. „Nimm mich mal in den Arm, ich beisse nicht". Jürgen sah sie an, jetzt erst recht unsicher. „Dann erzähl' mal, was du dir ausgedacht hast. Und hast du dir das mit Erich noch mal überlegt? Dass der mitkommt? Wie findest du die Idee?"

Nein, das hatte er nicht überlegt. Nicht einmal drüber nachgedacht. Hatte sich der Sinn für ihn auch noch nicht erschlossen. „Wieso sollte Louis allein sein? Wir sind doch auch da. Und Juliette auch. Also wieso allein?" Rosalie fächerte die Papiere auf, hielt sie ihm entgegen. „Was ist denn deine Wahl? Was würdest du denn aussuchen?" Mit leicht benetzten Fingerspitzen blätterte Jürgen durch die Ausdrucke, zog einen davon hervor. „Das hier, das gefällt mir".

Eine modern aussehende Apartmentanlage in Cadzand-Bad, unmittelbar am Meer, am Strand, gelegen. Das gewählte Apartment hatte 3 Schlafzimmer, Küche, Badezimmer, Wohnzimmer und 2 Balkone. „Ein Zimmer für uns" lächelte er Rosalie an. „Eines für Louis und eines für Juliette".

Das ausgewählte „Elternschlafzimmer" war sogar mit eigenem Badezimmer, samt Badewanne und Dusche ausgestatt. Dass Juliette mit ihren 15 Jahren nicht mehr mit ihrem „kleinen Bruder" in einem Zimmer sein wollte war verständlich. Jürgen glaubte also, an alles gedacht zu haben.

Rosalie zog das Papier aus seiner Hand. „Sieht gut aus. Allerdings kommt Juliette nicht mit". Mit grossen Augen sah er sie an. „Wie? Kommt nicht mit?" „Nein, sie hat keinen Bock mit ihren Eltern in Urlaub zu fahren. Das war bei mir in dem Alter nicht anders. Bei dir doch bestimmt auch nicht, oder?" „Wie jetzt mit ihren Eltern? Ich bin doch gar nicht ihr Vater. Das schmiert sie mir doch nur zu gerne aufs Brot".

Rosalie liess den Papierbogen auf ihren Oberkörper sinken. „Ja, das sagt sie – meint das aber nicht wirklich. Wir sind jetzt 13 Jahre zusammen, logisch, dass du sowas wie ihr Vater bist. Ihren leiblichen Vater hat sie vielleicht in der Zeit zweimal gesehen, du warst immer da. Immer. Sie ist jetzt halt ein Teenager, und die sind dann eben so. Wie wir auch waren. Oder?"

Damit hatte Rosalie natürlich Recht, bei Jürgen war es als Teenager sicherlich auch nicht anders. Vielleicht sogar noch krasser. Denn im Grunde war Juliette immer noch das „liebe Mädchen", wie er es von Anbeginn an kennengelernt hatte. „Dann kannst du doch erst recht Erich fragen ob er mitkommen mag, ein Zimmer ist doch dann frei".

Während wir redeten waren sich unsere Körper immer nähergekommen, tauschten die Wärme aus. Aus erst flüchtigen Berührungen wurde bewusstes – und gewolltes – Streicheln. Mehr aber auch nicht. „Und ... wirst du mal mit Erich sprechen? Ihn fragen? Und wann willst du denn überhaupt fahren?"

Der zweite Teil der Fragestellung war einfach zu beantworten. „In 14 Tagen fangen die Herbstferien an, das geht ja sowieso nur dann, wenn die Kinder keine Schule haben".

Bei Jürgen war es relativ egal, er konnte kurzfristig frei bekommen, sein Arbeitgeber war unkompliziert und generös. Was er sehr an ihm schätzte – aber nicht nur das.

Rosalie küsste ihn. „Schlafen wir jetzt? Oder …?" „Ja, lass' uns schlafen, es ist spät. Morgen warten zwei Rabauken, die bespasst werden wollen, auf mich". Mit einer Hand griff er an Rosalies Brüste, grinste sie an. „Und damit meine ich nicht die hier". Deutete mit der Hand zur Wand, Richtung Kinderzimmer. „Sondern die Jungs drüben". Rosalie hielt seine Hand fest. Auf ihrer Brust. „Hast du ewig nicht gemacht. Mich so angefasst. Haben wir ewig nicht gemacht. So nebeneinander zu liegen". Ganz kurz strich sie Jürgen durch die Haare. „Ist schon merkwürdig wie sich unser Zusammenleben verändert hat".

JAN VAN RENESSE

„Schneller Abschied"

Wohlig warm und vertraut aneinander gekuschelt erwachte Jürgen neben Rosalie, schaute zunächst ungläubig zu ihr herüber. Registrierte aber schnell, dass das was er sah und spürte sehr real ist. Er verliess das warme Bett, ging in die Küche, bereitete das Frühstück vor. Aus dem Kinderzimmer hörte er bereits Geplapper, Louis und Stefan waren also auch schon wach.

Wenig später kamen sie auch aus dem Zimmer, setzten sich an den Küchentisch. „Corn-Flakes?" Unbeantwortet stellte er zwei kleine Schüsseln parat. Als Louis aus Jürgens Schlafzimmer, das jetzt ja „Tageszeitenmässig" wieder zum Wohnzimmer geworden war Geräusche vernahm drehte er sich auf dem Stuhl um. „Mama?" Schnell sprang er auf, fiel Rosalie - also seiner Mama - um den Hals.

Wessen Freude jetzt grösser war – die von Louis seine Mutter zu begrüssen, Rosalies – ihren Sohn in den Arm zu nehmen oder Jürgens – beide glücklich zu sehen, war nicht auszumachen. Nach langer Zeit hatte sich dieses kleine Familienglück, dieses „vereint sein" urplötzlich eingestellt. Stefan schaute etwas „irritiert" zu Rosalie. „Hast du auch hier geschlafen?"

Rosalie richtete sich im Bett auf, wollte aufstehen. Mit einem Schritt ging Jürgen auf sie zu, zeigte auf ihre nackten Brüste. „Zieh' dir erst was an bevor du zu uns kommst".

„Bonjour mon petit puce" begrüsste Rosalie Louis innig umarmend erneut als sie in die Küche kam. Sie sprach selbstverständlich „immer wieder mal" französisch mit ihm, sie waren ja auch „Franzosen". Louis automatisch, hatte er doch eine französische Mutter.

Nach einem schnellen Kaffee machte sich Rosalie auf den Heimweg. „Juliette wartet bestimmt schon". Gab erst Louis einen Kuss, dann Jürgen. „Wird das jetzt zur Angewohnheit? Das mit der Küsserei?" Rosalie schaute ihn an. „Wenn du möchtest. Ich dachte du möchtest, dass wir uns wieder näherkommen. Oder warum der geplante Urlaub?" Ohne seine Antwort abzuwarten verliess sie die Wohnung, drehte sich zuvor aber an der Haustür nochmals um. „Und sprich mit Erich, okay?"

Das würde er am Abend in Angriff nehmen wollen, Erich anrufen, ihn einladen. Sowas bespricht man ja nicht mal eben am Telefon. Und zuerst galt seine ganze Aufmerksamkeit seinem Sohn. Die beiden, Louis und Stefan hatten auch schon Pläne gemacht, von denen sie erzählten, wollten mit dem Fahrrad in einen Park, um dort zu klettern, zu toben.

JAN VAN RENESSE

„Bierchen geht immer"

„Bevor wir aufbrechen sollten wir aber deine Eltern anrufen, oder?" Fragend sah Jürgen Stefan an. „Kannst du das machen?" erwiderte er, war schon gedanklich unterwegs zum Abenteuer-Spielplatz. Und garantiert versprach er sich ein besseres Feedback seiner Eltern, wenn Jürgen fragen würde.

Doris, seine Mutter war am anderen Ende der Leitung. Jürgen erklärte ihr Vorhaben, und dass Stefan noch gerne bleiben würde, ob das in Ordnung sei? Und dann noch ein wenig Smalltalk, was man halt so redet.

Die Jungs waren zwar befreundet, Jürgen hingegen weder mit Doris noch mit Harald, seinem Vater. Mehr als ein kurzes, flüchtiges Gespräch war da nicht, dafür waren sie auch nicht nur zu unterschiedlich, auch waren beide deutlich älter als Jürgen und hatten sicherlich auch ganz andere Interessen und Ansichten.

Das merkte Jürgen immer, wenn Stefan zu Besuch bei Louis war, er genoss es irgendwie, dass Jürgen „nicht so streng" war und mehr zuliess, ihn mehr gewähren liess. Klar, Grenzen gab es schon, aber eben andere als bei ihm zuhause. Aber es stand Jürgen nicht zu, diese in Frage zu stellen. Erst recht nicht diese ihm - Stefan gegenüber in Misskredit zu bringen. Andersherum war es bestimmt genauso. Harald und Doris dachten sich garantiert auch ihren Teil zu Jürgen. Ob Gutes oder Schlechtes sei dahingestellt.

Doris gab ihre Zustimmung. „Aber heute abend muss Stefan nach Hause kommen". Jürgen verprach ihr, ihn persönlich abzuliefern, was sie freundlich aufnahm.

Die Jungs tobten sich auf dem Spielplatz richtig aus, erst am späten Nachmittag ging es auf den Rückweg. Da Jürgen versprochen hatte Stefan nach Hause zu bringen machten „die Männer" noch einen Abstecher zu McDonald's um dort ein paar Burger zu verdrücken. Sehr zur Freude der Rabauken. Insbesondere Louis freute sich auf Fleisch. Zuhause, also bei Rosalie, gab es kein Fleisch – nicht mehr, seit längerem. Sie war zu einer Vegetarierin „konvertiert". Das war auch so ziemlich das Erste was beide Kinder fragten, sowohl Louis als als auch Juliette, wenn sie zu Besuch kamen. „Kannst du Frikadellen machen?"

Nur zu gerne kam Jürgen ihrem Wunsch nach. Hatte auch zu jedem Wochenende „vorsorglich" Hackfleisch auf seinem Einkaufszettel stehen. Dass Rosalie kein Fleisch mehr ass konnte er „irgendwie" verstehen. Dass aber die Kinder automatisch mitziehen mussten weniger. Und – ob man es glauben mag oder nicht – auch das war Bestandteil ihrer auseinanderdriftenden Weltanschauung, die ja irgendwie schlussendlich zum „Auseinderleben" geführt hatte. Sie waren einfach keine „Einheit" mehr. Nun denn, es war wie es war.

Zwangsläufig musste Jürgen sich aber selbst fragen was es denn genau war, dass ihn zu Rosalie zurückfinden lassen wollte. Das Frikadellen-Problem konnte es nicht sein. Was war es also?

Wieder zuhause angekommen kümmerte Jürgen sich ein wenig um die Wohnung, räumte die Matratze aus Louis' Zimmer, verwandelte sein Bett wieder in eine Couchgarnitur, um sich dann darauf für einen Film mit Louis niederzulassen. Es wurde ein Video, Star Wars, das Louis zu gerne sah, auch wenn er es wahrscheinlich schon mitsprechen konnte, so oft hatten sie das schon angeschaut.

Zwischendurch rief Jürgen bei Erich an. Wollte ihm aber nicht die ganze Story erzählen, sondern bat ihn um ein persönliches Treffen. „Ich muss am Montag sowieso in der Stadt etwas erledigen, ich komm' dann zu dir ins Büro. Ist das okay? Passt das?" schlug Erich vor. Das war recht, so konnten die beiden in ruhiger Umgebung das gewünschte Thema besprechen.

War es denn wirklich ein von Jürgen gewünschtes Thema? Oder mehr ein ihm aufgetragenes Thema? Wie auch immer, am Ende zählte eines für ihn, er wollte in Urlaub fahren. Mit Rosalie, mit den Kindern. Versuchen zu kitten, was eventuell zu kitten war. Auch wenn nach jetzigem Stand es nur ein Kind war, das andere - das Pubertier - wollte ja nicht mitkommen. Sollte er vielleicht nochmals mit Juliette sprechen? Versuchen sie umzustimmen?

Dieser Gedanke war aber sehr schnell wieder weggefegt, das war eigentlich müssig, brauchte er sich doch nur an seine eigene Teenagerzeit erinnern. Da ging doch auch alles an Erwachsenengesprächen zu einem Ohr rein und zum anderen direkt wieder raus. „Und wer nicht will, der hat schon".

Wie jeden Montagmorgen brachte Jürgen Louis zur Schule, unser Wochenende war zu Ende. Dann direkt weiter ins Büro. Am frühen Nachmittag kam, wie versprochen, Erich ins Büro. Bei einem Kaffee erzählte Jürgen ausführlich von dem was er auf dem Herzen hatte. Vom geplanten Urlaub. Dass er Rosalie erneut „erobern" wollte. Sich nach ihr sehnte. Mit ihr wieder „zusammen sein", zusammenleben wolle. Und dass sie, Rosalie, vorgeschlagen hatte ihn, Erich als „Beziehungsberater" mitzunehmen. „Was? Ausgerechnet ich? Was soll ich dir raten? Du weisst doch bestimmt mehr als ich?"

Grundsätzlich lag Erich damit nicht falsch, immerhin war Jürgen mehr als 10 Jahre älter als er. Allerdings schätzte er ihn sehr, als Freund, als Kumpel, als Vertrauten. Und Rosalie wusste darum. Deshalb drängte sie auch darauf, dass es ausgerechnet Erich sein sollte, der eventuell hilft wieder einen Weg zu finden. Ein Weg zueinander.

„Das kann ich dir nicht beantworten. Nicht jetzt. Ich muss erstmal fragen ob ich frei, Urlaub bekomme. Und ausserdem muss ich auch mit meiner Freundin reden. Hören was sie dazu sagt".

Erich arbeitete zu der Zeit in der Messebaufirma seines Bruders, da sollten doch ein paar Tage Urlaub leicht zu bekommen sein. „Und überhaupt, wie soll ich dahin kommen? Ich habe kein Auto, das weißt du doch".

Das vermeintliche Problem war schnell vom Tisch. „Du kannst den Volvo nehmen. Den, den Rosalie sonst fährt".

Am Computer zeigte Jürgen Erich das Ferienobjekt, das er am frühen Morgen bereits reserviert hatte. Von seiner Seite, nach dem Gespräch mit Rosalie, war das jetzt beschlossene Sache. Auch Louis hatte er bereits gestern davon erzählt. „Wir fahren in Urlaub. Mama, du und ich".

Erich selbst war relativ schnell von dem Gedanken begeistert, mit dem Anreiz, dass Jürgen anbot auch für Spritgeld und alles weitere aufzukommen, versuchte so die Idee schmackhafter für ihn zu machen. „Ich muss erst mit meinem Bruder reden. Dann noch mit meiner Freundin. Und auch mit meiner Tochter. Du verstehst? Ich würde schon wollen. Nach Holland – immer".

Wenige Tage später rief Erich an. „Geht klar, wir kommen mit. Also Lotta und ich". Einen kleinen Einwand hatte er noch, nämlich dass er „nachkommen" müsse, weil er erst zu Wochenmitte frei bekäme. „Vorher geht echt nicht, es ist gerade eine Messe, da braucht mein Bruder jeden Mann".

Das freute mich zu hören. Also nicht, dass er erst später kommen könne, sondern generell mit nach Holland fahre. Das wollte Jürgen natürlich Rosalie zügig wissen lassen, bat Erich doch am Freitagabend zum Essen zu kommen, dann könnte man weiteres persönlich besprechen. Freitagabend deswegen, weil Rosalie dann sowieso Louis zu Jürgen brachte – und er versuchen könnte auch sie zum Essen einzuladen. Ein klein wenig in der Hoffnung sie zu einer erneuten Übernachtung zu überreden. Es hatte ihm nämlich sehr gefallen, dass sie beim letzten Mal über Nacht geblieben war. Sie reden konnten -

statt wie sonst – nur eine schnelle Nummer schieben, und Rosalie dann schweigend wieder verschwand. Sich mit ihr zu unterhalten, von ihr geküsst zu werden, hatte etwas gänzlich anderes, etwas Vertrautes, ausserhalb der Triebhaftigkeit. Echte Nähe. Nicht nur Unterleiber, die sich berührten.

Schon tagsüber an diesem Freitag war Jürgen schon sehr aufgeregt in der Delikatessen-Abteilung der Galeria Kaufhof um einige Leckereien zu kaufen. Musste sich aber von einer Fachverkäuferin beraten lassen. Für Erich und ihn selbst war das eine einfache Sache. Hauptsache Fleisch, da war nicht viel falsch zu machen. Aber was kochst du für eine Vegetarierin? Und einfach nur ein paar Salatblätter auf einen Teller drappieren, damit würde er garantiert nicht punkten.

Der Abend war gelungen, in mehrfacher Hinsicht. Gemeinsam essen, anständig Bier und Wein dazu - wie eine Familie, die einen guten Freund zu Gast hat. So war es ja auch, Erich war ein guter Freund. Mit der Familie war es zwar noch nicht so ganz, aber der Weg schien eingeschlagen zu sein.

Zu vorgerückter Stunde brachte Rosalie Louis zu Bett, stand dann noch eine Weile unschlüssig bei Erich und Jürgen am Küchentisch. Er musste handeln, agieren. „Bleibst du? Über Nacht? Bei mir?" Rosalie zog ihren Stuhl heran. „Ja, aber nur weil du gefragt hast. Sonst wäre ich jetzt gegangen".

Rosalie hob ihr Glas, prostete allen zu. „Und heute ist die Matratze ja auch frei" schmunzelte Jürgen. Erich sah ihn an, dann Rosalie. „Ihr schlaft nicht in einem Bett?" „Nein, schon länger nicht mehr, das weisst du doch" war Jürgens Antwort. Rosalie fasste seinen Unterarm. „Letzte Woche schon. Und das war auch ganz schön". Sie lächelte.

„Wollen wir dann noch etwas trinken?" Mit dieser Frage lockerte Erich die leichte Anspannung, die sich gerade aufzubauen drohte, ein wenig auf. „Auch gerne etwas mehr" antwortete Jürgen ihm, während er aus dem

Kühlschrank kaltes Bier herausnahm. Erich war einer der wenigen, mit denen er immer – und vor allem immer gerne etwas, etwas mehr trank. Das brauchte auch nicht zwingend einen besonderen Anlass. „Bierchen geht immer".

Zu vorgerückter Stunde machte sich Erich auf den „Nachhauseweg", verabschiedete sich, schwang sich auf sein High-Tech Rennrad. Anständig angesoffen. Sollte schon schief gehen, er wohnte im gleichen Stadtviertel, quasi nur einige hundert Meter geradeaus.

Zuvor hatten Jürgen und Rosalie sich mit Erich für die Wochenmitte erneut verabredet, damit Autoschlüssel, Ferienadresse und alles weitere an ihn übergeben werden konnte.

Ein wenig verloren - desorientiert stand Jürgen in seiner eigenen Küche. Ziemlich viele leere Bierflaschen und einiges an Geschirr, mit und ohne Essensreste, standen auf dem Tisch. Rosalie sah ihn an. „Ich mach' das schon, kümmer' du dich mal um das Bett". „Du meinst um die Betten, also das Bett und die Matratze?" Geschirr klimperte in Rosalies Händen. „Nein, um das Bett. Eins reicht für uns beide. Es sei denn du möchtest auf der Matratze schlafen".

Rosalie war aus dem Badezimmer zurück, kam ins jetzige Schlafzimmer, das umfunktionierte Wohnzimmer. Hatte sie bei ihrer letzten Übernachtung wenigstens noch ihren Slip anbehalten, so war sie jetzt komplett nackt, kroch zu Jürgen unter das Plumeau, fasste ihn zielstrebig „unsittlich" an. „Was wird das?" Jürgen zuckte zusammen. Ihre Hand war sehr kalt, zwar frisch gewaschen, aber sehr kalt. „Willst du nicht? Oder kannst du nicht? Bist du zu blau?"

Einen Arm um Rosalie legend sah Jürgen sie an. Sie spielte stimulierend mit seinem Pimmel. „Ich kann schon, glaube es zumindest". Rosalie grinste ihn an. „Jupp, der wird dick". „Aber ich will … ich möchte nicht. Nicht jetzt".

Rosalie liess sich von der Antwort nicht beeindrucken, zog die Vorhaut seines dicker werdenden Pimmels sanft zurück. „Also mit mir schlafen nicht - aber so wie sonst – übereinander herfallen schon?"

„Lass' uns schlafen, das wird schon kommen" versuchte Jürgen sich aus der Situation zu befreien. Rosalie machte weiter, lachte auf. „Garantiert wird das kommen, achte mal drauf". „Hör' auf, hör' bitte auf. Ich will schlafen. Echt jetzt".

Rosalie hörte mit ihrer Handbewegung auf. „Aber kuscheln geht schon, oder? Und küssen? Geht das?" Jürgen streichelte durch ihr Haar. „Ja, das geht. Beides".

JAN VAN RENESSE

„Das Jugendamt"

Das erste Wochenende in Cadzand-Bad war vorüber. Als Familie hatten sie schöne Ausflüge am Meer entlang unternommen, durch die nahe gelegenen Städte Cadzand, Knokke-Heist und Zeebrugge gebummelt, die beide schon zu Belgien gehörten. Der Übergang zwischen den Niederlanden und Belgien verlief hier „fliessend", fast unbemerkt. Ein schönes Wochenende, ein Familienwochenende – Vater, Mutter, Kind – so richtig klassisch und allen Klischees entsprechend. Belgische Waffeln verputzen, am Strand entlanglaufen, albernd und ausgelassen.

Entspannt, zufrieden, glücklich. Ja, das war die richtige Umschreibung. Glücklich. Jürgen war glücklich. Hatte das Level erreicht nachdem er sich gesehnt hatte, welches er sich erhofft hatte. Genau das war der Gedanke warum er diesen gemeinsamen Urlaub wollte. Ganz „nebenbei" hatten Rosalie und er auch mehrfach miteinander geschlafen. In einem richtigen Bett, nicht wie bei ihm auf so einem „Schlafsofa". Das Warten, das Abwarten hatte seinen Teil dazu beigetragen. Es war fast wie das „erste Mal", fast. Innig, zärtlich, verliebt. Liebend.

Am heutigen Nachmittag würden Erich und Lotta dazu stossen. Verabredet war, dass Erich anruft, auf Jürgens Handy, sobald er die Ortschaft erreicht hatte. Als Treffpunkt hatten sie die „Mariakerk" vereinbart, von dort wollte er die beiden abholen, zum Apartmentblock lotsen.

Erich und Lotta in der Ortschaft auszumachen war nicht sonderlich schwierig, den blauen Volvo 240 erkannte Jürgen schon einige hundert Meter bevor er den Kirchplatz erreichte. Nach wenigen Minuten waren sie dann auch an der Apartmentanlage. Der weisse Gebäudekomplex erstreckte sich entlang des „Boulevard de Wielingen", dahinter lag direkt der Strand und das Meer.

Nachdem das Reisegepäck ausgeladen war machten alle zusammen einen ersten gemeinsamen Stranspaziergang, zumindest gemeinsam mit Erich und Lotta. Gingen später anständig in einem Fischrestaurant essen – und trinken. Jetzt brauchte keiner mehr fahren, heute nicht mehr.

Und auch sehr schnell erwies es sich als „hervorragende Idee" für die beiden Kinder, dass sie gemeinsam am Strand, im Sand spielen konnten – während die Erwachsenen sich durch Speisen- und Getränkekarte arbeiteten.

Zu später, sehr später Stunde taumelten sie, zumindest Erich und Jürgen, zum Apartment zurück. Rosalie hatte den Überblick behalten, kümmerte sich um die Kinder, brachte sie zu Bett, gesellte sich dann zu den beiden – bis zu noch viel späterer Stunde.

Das Klingeln eines Telefons - Jürgens Telefons - riss ihn aus dem Schlaf. Schlaftrunken und sicherlich auch nicht wenig Alkoholtrunken machte er sich auf die Suche nach dem Klingelton, fand im Wohnzimmer auf dem Tisch liegend das mintgrüne Nokia 3410, das penetrant vor sich hin klingelte.

„Ja, bitte". Jürgen musste sich kurzräuspern, merkte direkt den Restalkohol in seinem Schädel. „Sprech' ich mit dem Vater von Juliette?" dröhnte eine kieksige Frauenstimme in sein Ohr, in sein Hirn. Ohne zu überlegen, auch wenn es ja nicht so war, antwortete Jürgen „Ja".

Die Stimme in der Sprechmuschel kiekste weiter. „Guten Morgen, mein Name ist ..." Jürgen verstand irgendwas von Sigrid Schnibbelskirchen. „Wer ist da?" „Schnibbelskirchen. Vom Jugendamt. Sind Sie der Vater von Juliette?" „Ja, in Gottes Namen, ja. Was ist denn?"

Die gesagten Worte rollten in seinem Kopf hin und her. Jugendamt – Juilette – Vater. Und noch bevor er sich einigermassen sortieren konnte schwadronierte sie, diese Frau

Schnibbelskirchen, weiter auf ihn ein. „Ihre Tochter wurde gestern Abend verhaftet. Und weil sie noch nicht volljährig ist, ist sie jetzt bei uns. Würden Sie sie bitte abholen kommen?"

War die noch ganz dicht? Was faselte die da? Abholen? Sie waren in Holland, im Urlaub. Und wieso verhaftet? Und überhaupt …

Während Jürgen völlig sinnentleert die Worte vernahm, und dabei aus dem Fenster auf die Nordsee starrte, war Erich ins Wohnzimmer hinzugekommen, hatte sein Gestammel registriert, sah seine Ratlosigkeit, seine Verstörtheit. „Was geht?"

Jürgen lief an ihm vorbei, zu Rosalie, ins Schlafzimmer. „Das war irgend so eine Trulla vom Jugendamt. Man hat meine Tochter Juliette verhaftet. Die sitzt jetzt beim Jugendamt und soll abgeholt werden". „Wie? Was? Was ist? Juliette verhaftet? Was ist los?"

Leicht gereizt sah er Rosalie an. In einer Hand noch immer das Handy haltend, mit der anderen seine Morgenpisslatte massierend. „Was weiss ich denn? Mir platzt gleich der Schädel – und meine Blase. Ich hab' keine Ahnung".

Während er mit hartem Strahl in die Keramik strullte entlud sich seine ganze Verstörtheit. „Was ist das jetzt bitte für eine beknackte Scheisse? Jugendamt? Abholen? Sind die alle bescheuert". Rosalie war aus dem Bett, aus dem Schlafzimmer gekommen. „Und jetzt? Was ist denn los".

Mit Mühe konnte Jürgen seinen Ton, seine Lautstärke herunterfahren. „Ich weiss es doch auch nicht. Ich hab' keine Ahnung. Ich fahr' da jetzt hin". Rosalie starrte ihn an. „Wie du fährst da jetzt hin?" „Ja, was denn sonst? Ich fahr' da jetzt hin. Machst du bitte Kaffee? Viel - und schwarz". Dann drehte er sich zu Erich, der mittlerweile hinzugekommen war. „Was geht?"

Das konnte Jürgen auch ihm nicht beantworten. „Keine Ahnung. Ich muss los. Meine Tochter abholen. Vom Jugendamt". Dann hielt er kurz inne, musste lachen. „Und das ist noch nicht mal meine Tochter".

Aus der Küche war das Klimpern von Geschirr und das Röcheln der Kaffeemaschine zu vernehmen. „Der Kaffee ist fertig, komm' in die Küche" unterstrich Rosalie die Geräuschkulisse. „Willst du jetzt echt zurückfahren?" Sie schob Jürgen einen dampfenden Becher mit Kaffee über den Tisch herüber. „Also bitte, was denn sonst? Das ist doch gar nicht die Frage. Es geht um meine ...". Jürgen hielt inne. „Es geht um deine Tochter. Um Louis' Schwester". Rosalie griff zu seiner Hand. „Ich meine du ganz allein? Soll ich nicht mitkommen?"

Bevor Jürgen den ersten Schluck des heissen Kaffee nahm ging sein Blick in ihr Gesicht. „Willst du mitkommen? Und Louis dann? Soll der auch mitkommen? Oder allein hierbleiben? Bei Erich? Soll das sein Urlaubseindruck sein? Nur im Auto sitzen? Stundenlang? Wofür? Ja, ich fahr' allein".

Auch wenn Jürgen noch nicht vollständig klar war was das bedeutete – nämlich mindestens 7 Stunden im Auto sitzen – für Hin- und Rückfahrt, den „Rest" mal gar nicht eingerechnet, stand sein Entschluss fest. Das war er Juliette als „Vater" einfach schuldig. Daran gab es gar keinen Zweifel.

Nach dem ersten Becher Kaffee ging er ins Badezimmer, sprang schnell unter die Dusche. „Klar werden, fahrtüchtig werden". Erich kam ins Badezimmer, hockte sich auf die Toilettenschüssel. „Soll ich mitkommen? Brauchst du Unterstützung?"

Das war mehr als nett, aufmerksam von ihm seine Hilfe anzubieten. „Nein danke, wird schon gehen. Du kümmerst dich bitte um Rosalie und Louis, macht euch einen schönen Tag, damit hilfst du mir genug".

Mittlerweile war auch Rosalie ins Bad gekommen, stand neben Erich. „Soll ich dir Reiseproviant machen? Ein paar Brote?"

Durch den Schaum des Duschgels hindurch, das sein Gesicht herunterlief, starrte Jürgen in die Zuschauerrunde. „Wollt ihr noch schnell die Kinder rufen? Dann könnt ihr mir alle beim Duschen zusehen. Also ehrlich". Rosalie anschauend fügte er hinzu „Nein, aber du kannst mir gerne ein paar Zigraretten auf Vorrat drehen. Und jetzt haut mal ab, alle beide".

Nachdem er angekleidet war, alles zusammen hatte – Telefon, Portemonnaie, Ausweispapiere – konnte er los. Rosalie begleitete ihn bis zum parkenden Auto. „Bitte fahr' vorsichtig. Und …. Danke. Und …. [1]*Je t'aime. Et merci de faire ça pour nous*".

---

[1] Ich liebe dich. Und danke, dass du das für uns tust.

„1A verkackt"

Es war ihr sehr ernst, es kam von Herzen. Das merkte Jürgen daran, dass Rosalie französisch sprach. Was sie sonst äusserst selten tat, zumindest mit ihm. Eigentlich nur wenn sie sauer auf ihn war, ihn übelst beschimpfte. Er nahm sie in den Arm. „Ich beeile mich, bin bald wieder da. Mit Juliette". Ihre Mundwinkel verzogen sich zu einem kleinen Lächeln. „Ja, heute abend. Pass' auf euch auf, pass' auf dich auf".

Bevor Jürgen den Motor startete suchte er auf der Strassenkarte eine passende Route heraus. Cadzand-Bad lag unmittelbar an der belgischen Grenze, von daher erschien es sinnvoll „quer durch Belgien" zu fahren statt in den Niederlanden zu bleiben.

Kurz über Land grob Richtung Gent, von da an, hinter „Ijzendijke" auf den E34, erst Richtung Antwerpen, später dann ein ganz kleines Stück wieder durch die Niederlande – und dann bei Selfkant nach Deutschland rein. Insgesamt etwa 300 Kilometer Strecke lagen vor ihm. Was gleichzeitig bedeutete, dass Juliette bestimmt noch gut dreieinhalb Stunden beim Jugendamt „schmoren" musste - bei kleiner Flamme vermutlich.

Die ersten Kilometer betrachtete er noch die Landschaft, schnell aber wurden seine Gedanken in eine andere Richtung gelenkt. Drehten sich um Juliette, um das Gehörte „Wurde verhaftet …".

Wie konnte man nur so blöd sein? Aber wie blöd eigentlich genau? Und warum genau? Nunja, er sollte – und würde es bestimmt erfahren. In ein paar Stunden spätestens. Und wie blöd man sein konnte wusste Jürgen aus erster Hand, von sich selbst. Hatte er doch auch mehr als eine Gelegenheit „1A verkackt", insbesondere in meiner Pubertät, als Teenager - genau wie Juliette jetzt" hörte er sich denken.

Die aus dem Cassettenrecorder tönende Musik, Fleetwood Mac, blendete sich mehr und mehr aus, die vorbeifliegende Landschaft wurde mit aufblitzenden Bildern in meinem Kopf vermischt.

Wie in Dreiteufelsnamen war er überhaupt in diese Situation, zu dieser „Familie" gekommen? Je mehr er dieser Fragestellung nachhing, umso mehr kam in ihm, vor seinem geistigen Auge zum Vorschein.

Eine surreale Situation, zwar nahm Jürgen alles um sich herum wahr, insbesondere den Verkehr, aber das was wirklich klar „erkennbar" war – das waren Bilder, die wie in einem schnellen Schnitt eines Kinofilms aufflackerten.

Gerade hatte er bei „Veldzicht" die Grenze zu Belgien überquert. Sollte er mal eben eine Rast einlegen? War er doch noch nicht richtig wach?

„Jamaica"

Ein sonniger Morgen. Gemeinsam mit Andi, einem Schreiner, den ich bereits vor einiger Zeit bei einem Job in der Eifel kennengelernt hatte, sass ich im Hof, trank Kaffee, schwatzte mit ihm – über dies und das.

Eine junge Frau kam die Hofeinfahrt entlang geschritten, an der Hand hielt sie ein kleines Mädchen. Setzte sich zu uns. Aus ihrer Umhängetasche zog sie einen Briefumschlag. „Hallo. Hier, das soll ich dir geben. Das ist von Andrea". Ich sah sie direkt an. Sie musste mich meinen. Andrea hiess meine Freundin, die allerdings gerade im Urlaub war. In Jamaica. „Wie … Wie kommst du an den Brief?"

„Ich bin Rosalie. Hat dir Andrea nicht davon erzählt, dass wir zusammen nach Jamaica fliegen?" Sie, Rosalie, schob das Mädchen vor sich. „Und das ist Juliette, meine kleine Süsse. Sag' mal Hallo" forderte sie das Mädchen auf. Wir beide, Andi und ich, waren aufgestanden, reichten Rosalie die Hand. „Hallo".

Mein Blick „musterte" sie jetzt von oben bis unten, blieb auf ihren Schuhen hängen. Schwarze Lederschuhe, mit gelben und roten Sterneninlays, die mich sofort an die Schuhe eines Clowns im Zirkus erinnerten. Rosalie war sehr jung, ich schätzte sie auf etwa Anfang zwanzig, deutlich unter 25 jedenfalls. Sie hatte ein hübsches, offenes und sympathisches Lächeln. Blonde, schulterlange Haare – und einen französischen Akzent.

Nein, Andrea, meine Freundin hatte mir nichts davon erzählt. Oder ich hatte es vergessen – oder nicht registriert. Erst gut 14 Tage vor Andreas Abreise war ich mit ihr zusammengekommen, da war anderes Vordergründig, nicht unbedingt grossartig reden, mehr das Körperliche.

Auch sie, Andrea, hatte eine kleine Tochter, deren Vater Armin war – und der ebenfalls hier, in dieser Wohngemeinschaft lebte. Kurioserweise, oder glücklicherweise verstand ich mich mit ihm sehr gut, keine Animositäten oder Eifersüchteleien zwischen uns, er war sehr offen.

Während Andreas Reise hatte sie mir angeboten in ihrem WG-Zimmer zu wohnen, ich war nämlich auf Wohnungssuche. Brauchte aber zwingend einen Wohnraum damit ich „sorglos" meiner Arbeit nachgehen konnte. Zu der Zeit hatte ich einen Job als Schweisser in einer Firma, die elektronische Bauteile für Strassenbahnantriebe herstellte. Diese waren in Aluminiumgehäusen unterbracht, die dann auf den Dächern der Strassenbahnen montiert wurden. Und eben diese Alugehäuse schweisste ich „im Akkord" zusammen. Erst noch für eine Zeitarbeitsfirma, sehr schnell bekam ich aber das Angebot direkt für dieses Unternehmen zu arbeiten.

Ein zwar anstrengender Job, der mir aber viel Freude machte. Ich fuhr mit dem Mountainbike von Andreas Wohnung bis zum Betrieb, riss meine Arbeitsstunden ab, im Zweischichtbetrieb, und radelte dann später wieder zurück. Dementsprechend war ich in körperlicher Bestform. Fit und trainiert.

„Deine Tochter war auch mit? Und dein Freund auch?" wollte ich von Rosalie wissen. Sie schaute mich an. „Nein. Zurzeit habe ich keinen Freund, keinen Partner. Juliettes Vater ist irgendwo. Ich glaube in Frankfurt. Wir waren allein. Zwei Frauen und zwei Kinder".

Das fand ich schon sehr mutig, als Frau allein in die weite Welt zu reisen. Andi formulierte das ein wenig anders. „Verstehe, euch mal so richtig von den Bimbos mit ihren grossen Schwänzen durchficken lassen, was?" Er lachte. Dreckig, laut.

Andrea war seit 14 Tagen weg, etwa die Hälfte ihres Urlaubs war vorbei. Daher der Brief? Was mochte darinstehen?

Kam sie überhaupt zurück? Öffnen wollte ich den Brief allerdings nicht. Nicht jetzt, im Beisein der anderen.

Andi hatte unterdessen Rosalie mit dummen Sprüchen weiter „gestichelt". „Und wie ist das so als Sextouristin? Hast du es dir mal so richtig geben lassen?" Rosalie reagierte äusserst schlagfertig. „Erstens geht dich das nichts an. Und zweitens – ich weiss ja nicht wie klein dein Pimmel ist, dass du so redest, aber in jedem Fall kleiner als deren".

Ich schaltete mich kurz dazwischen, sprach Andi direkt an. „Kannst du mal aufhören damit? So über meine Freundin zu reden. Sie als Sextouristin hinzustellen". Kurz traf mein Blick auf Rosalie. „Und über sie, über Rosalie natürlich auch. Generell über Frauen".

„Ich geh' dann mal nach vorne, ein wenig einkaufen". Mit „nach vorne" meinte Rosalie den kleinen Hofladen, der sich im Vorderhaus befand. „Ich komme kurz mit, begleite dich. Dann kannst du mir noch etwas erzählen. Wie es Andrea geht und so".

Während Rosalie einige Lebensmittel aus den Regalen heraus nahm erzählte sie von Jamaica. Vom Land, den Menschen, von Ausflügen, von Erlebtem. Auch dass es schon sehr „stressig" war mitunter, mit zwei kleinen Kindern im Schlepptau. Die kleine Juliette plapperte während der gesamten Unterhaltung irgendwas, so als wolle sie eindrucksvoll untermauern was mit „stressig" gemeint war.

„Sie ist ein Zwilling, die labert für zwei" lächelte Rosalie während sie auf einem Zettel notierte was sie alles gekauft hatte. Das Ladenkonzept basierte auf „Vertrauen", jeder notierte seine Einkäufe und was er zu zahlen hatte, legte dann das Geld in eine offene Kiste, eine offene Kasse. „So, wir haben alles. Juliette kommst du bitte". Rosalie hielt ihre ausgestreckte Hand in Juliettes Richtung.

„Danke nochmals, dass du mir den Brief gebracht hast". Rosalie sah mich an. „Kein Problem". Dann hörte ich mich reden. „Sehen wir uns noch mal?" Rosalie schaute zu mir. „Bestimmt. Ich komm' ja immer wieder mal hier einkaufen". „Äh … nee, ich meine … wollen wir mal zusammen ausgehen? Oder sowas?" Rosalie schmunzelte. „Was ist denn *Oder sowas*?" Deutlich spürte ich mein erötendes Gesicht. „Ich meine …". Rosalie unterbrach mich. „Ich kann nicht ausgehen. Nicht spontan. Ich kann Juliette nicht alleine lassen. Ich muss immer erst einen Babysitter organisieren. Aber du kannst mich ja gerne mal besuchen kommen".

Von der „Kassentheke nahm sie ein Blatt Papier, griff zu einem Stift und notierte ihre Adresse. „Wenn du magst. Wie gesagt, ich bin zuhause". Sie zeigte auf Juliette. „Schon wegen ihr".

Bevor ich mit dem Brief auf Andreas Zimmer ging lief ich nochmals in den Hof, zu Andi. „Du bist echt ein Honk. Null Feingefühl. Wie kannst du so über Frauen reden? Erst recht, wenn sie direkt neben dir stehen?" Aber in der Hinsicht war er einfach der klassische „Eifeler Bauernschädel". Grobschlächtig und ungehobelt.

„Wieso? Ist doch so, warum sonst sollten die Weiber nach Jamaica oder Afrika fahren? Doch nur um sich ficken zu lassen". Wieder lachte er.

„Nikotinspiegel"

Aufgeregt und neugierig zugleich öffnete, las ich im Brief von Andrea. Wieder und wieder wanderten meine Augen über die geschriebenen Zeilen. Es fiel mir schwer sie, Andrea, zu visualisieren, zu frisch war unsere Beziehung. Ein klares „optisches" Bild wollte sich nicht abzeichen.

Stattdessen kam mir Rosalies Erscheinung umso präsenter vor Augen. Sie war gross, für eine Frau auf jeden Fall. Bestimmt irgendwas zwischen Einmetersiebzig und Einmeterachtzig. Mit blonden Strähnchen durchzogenes leicht braunes Haar, sehr schlank und sportlich gebaut. Und ein hübsches, freundlich lächelndes Gesicht. Und dazu dieser äusserst reizvolle französische Klang ihrer Stimme.

Ich schlug meine Augen auf, war auf dem Bett eingenickt. Mit Blick auf den Wecker registrierte ich, dass ich „schon bald" zur Spätschicht aufbrechen musste.

Im Hof traf ich auf Armin, erzählte ihm von dem Brief - dass es Andrea und seiner Tochter gut gehe. „Was hat sie denn so alles geschrieben?" wollte er genauer als „es geht ihr gut" wissen. „Ich muss zur Schicht. Wenn du willst geh' einfach hoch, ins Zimmer. Da liegt der Brief. Kannste dir ja durchlesen". Es stellte für mich nicht das geringste Problem dar, dass Armin die Worte las. Ging es doch auch irgendwie um sein Kind.

*****

Jürgens Blick blieb an der Hinweistafel kleben, er näherte sich dem Autobahnring um Antwerpen. Hier müsste er die Autobahn wechseln, auf der E 314 weiterfahren. „Achte mal ein bisschen auf die Strasse" ermahnte er sich selbst. Gegen seine sonstige Angewohnheit nicht im Auto zu rauchen – schon wegen der Kinder – kramte er aus seiner Jackentasche eine der „Selbstgedrehten", die Rosalie für ihn vorbereitet hatte, zündete sie an. Öffnete aber zeitgleich das Fenster auf der Beifahrerseite. Dank elektrischer Fensterheber kein grosser Aufwand oder lästige Körperverrenkung zur rechten Fahrzeugseite.

Als er nach hastigen Zügen aber die Asche „abschnippen" wollte, den Ascher aus dem Armaturenbrett hervorzog – und in einen blitzblanken Aschenbecher sah, wurde ihm wieder klar - „Das ist ein Nichtraucher-Auto". Er liess die Zigarette einfach ausgehen. Das war dank des OCB-Zigarettenpapiers kein Problem. Wenn man nicht an der Zigarette sog, ging sie einfach aus.

Bis zum Rastplatz „Antwerpen-Oost" sollte – musste seine Sucht noch warten. Ein Blick auf den Tageskilometerzähler brachte Gewissheit. Gerade mal 100 Kilometer hatte er bisher zurückgelegt. Erst. Hastig rauchte er auf dem Rastplatz gleich zwei Zigaretten hintereinander. Der Nikotinspiegel sollte, müsste für eine Weile „vorhalten".

Schon nach wenigen Kilometern hinter dem Rastplatz kamen wieder die Erinnerungen in Jürgens Kopf hoch. Seine Gedanken gingen wieder zurück. Zu anderen Zeiten. Zu früheren Zeiten. Zu schöneren Zeiten. Zu unbeschwerten Zeiten.

„Bibi und Tina"

Einige Tage waren vergangen, ich hatte jetzt wieder Frühschicht, also von 6 Uhr bis 14 Uhr. Diese Schicht hatte den grossen Vorteil, dass man noch den ganzen Tag zur Verfügung hat um Dinge zu erledigen – oder auch einfach nur „rumzugammeln".

Neben den Bahngleisen, die hinter dem Hauptbahnhof verliefen bog ich in die Strasse ein, stieg vom Fahrrad, lehnte es an der Hauswand an, schloss es ab. Ich war „bewusst und vorsätzlich" direkt von der Arbeit zu Rosalies Adresse gefahren, hoffte sie anzutreffen. Die berühmte „magische Hand" hatte mich dorthin gezogen. In Wirklichkeit war es aber nicht die Hand, sondern mein Kopf der mich dorthin beförderte. Die letzten Tage ging sie, Rosalie, mir eben nicht aus diesem, aus dem Kopf.

Nach dem Klingeln, ihr Name stand ganz zuoberst auf der Klingelschildleiste, öffnete sich kurz darauf mit einem Summgeräusch die Haustüre. Sportlich sprintete ich die Stufen des Treppenhauses empor. Zunächst, dann wurden meine Schritte kürzer. „Meine Fresse, das ist doch bestimmt fünfte Etage hier" sagte ich zur Begrüssung. Rosalie lächelte. „Fünf plus eins. Der ehemalige Wäschespeicher. Komm' erstmal rein". Ein wenig nach Luft schnappend wollte ich wissen „Ich komme nicht ungelegen?" „Ne, ne, komm' rein".

Rosalie zeigte zu ihrer rechten in einen kleineren Raum, die Küche. „Willst du was trinken? Kaffee? Wasser?" Direkt daneben war ein grösseres Zimmer, vollgepröddelt. „Das ist das Kinderzimmer". Was unschwer zu erkennen war. Nicht nur am Pröddel, sondern auch daran, dass die kleine Juliette inmitten des Raumes mit irgendetwas zugange war.

„Du hast nicht zufällig ein kaltes Bier?" Rosalie schüttelte den Kopf. „Kaffee, oder Wasser?"

Auch die Küche war eher improvisiert, bunt zusammengewürfelt. Irgendwie passte nichts zueinander. Aber dennoch war alles da. Herd, Kühlschrank, Waschmaschine, Spüle. Aber eben eher so wie es gerade passte. „Schön hast du es hier". Ich wollte einfach was Nettes sagen.

„Kannst du ruhig sagen. Ist voll die Chaos-Bude. Ich weiss" antwortete Rosalie auf mein vermeintliches Kompliment. „Komm', dann zeig' ich dir auch den Rest der Wohnung". Rosalie ging vor, zurück in den Hausflur. Hier stand eine Kommode aus hellem Kiefernholz. So eine Art „Landhausstil". Passte aber so gar nicht zum Rest der Einrichtung, stach richtig hervor. Direkt gegenüber war ein Eingang, auf den Rosalie zeigte. „Hier ist das Bad".

Juliette war hinzugekommen, kramte in dem „Badezimmer" in einer Ecke einen Plastik-Pisspott hervor, reckte ihn mir entgegen. „Pippi" sagte sie dabei. „Aha, das ist deine Toilette?" „Pippi" wiederholte sie. Sagte dann etwas zu ihrer Mutter. Auf Französisch. Was auch immer sie gesagt hatte, ich verstand es ja nicht.

Ein schneller, kurzer Blick in das Badezimmer genügte mir. Direkt gegenüber der Toilettenschüssel war eine „Aufstelldusche", rechts davon ein kleines Handwaschbecken. „Du hast keine Tür zum Badezimmer, ist das nicht ein bisschen blöd?" fragte ich erstaunt. „Wieso, schaut doch eh keiner zu". Meine Frage war weniger auf zuschauen bezogen denn auf die Tatsache nach dem Geruch, wenn man beispielsweise mal so richtig geschissen hatte.

Als letztes zeigte Rosalie mir ihr Schlaf- und Wohnzimmer. Ein Kombiraum aus beidem. Dann gingen wir wieder in die Küche. „Also was jetzt? Kaffee oder Wasser?" nahm Rosalie ihre anfängliche Frage wieder auf.

Um nicht unhöflich zu sein entschied ich mich für „Ja, Kaffee bitte", setzte mich an den Küchentisch. Ein quadratisches „Tischlein", vielleicht 90 mal 90 Zentimeter, aber für die beiden völlig ausreichend. Rosalie stellte einen Wasserkessel auf den Gasherd, kramte Kaffeedose und Kaffeefilter irgendwo hervor.

Bevor sie sich auch an den Tisch setzte fasste sie mir an einen Oberarm. „Du hast aber ganz schöne Muckis. Gehst du ins Fitness-Studio?" „Ach quatsch, das kommt vom Arbeiten". Ich trug ein ärmelloses T-Shirt, Muskelshirt nannte man das. Aber eher zufällig, nicht bewusst. Und auch das mit den „Muckis" war mir so nicht präsent. „Naja, geht so, oder?" beschwichtigte ich. Rosalie zog sich einen Ärmel ihres Sweatshirts hoch, posierte wie ein Bodybuilder. „Verglichen mit meinen auf jeden Fall". Ich schaute sie an, wie sie so „posierend" dastand. Mit leicht zitternden Oberarmen. „Dafür hast du grössere Brüste als ich".

Hatte ich das jetzt wirklich gesagt? Rosalie grinste. „Findest du? Grösser bestimmt, aber schon ziemlich schlaff. Juliette hat die mir echt leergesaugt".

Irgendwie konnte ich mir das schon vorstellen. Wenn die Kleine nicht plapperte hatte sie permanent einen Schnuller im Mund, nuckelte daran mit Inbrunst. „Wenn sie den Nucki nicht hat ist die Hölle los, das sag' ich dir". Rosalie zog sich das Sweatshirt etwas zurecht, straffte es ein wenig.

Der Filterkaffee war durchgelaufen, Rosalie goss uns jeweils eine Tasse voll, setzte sich an den Tisch. „Erzähl', was ist der Grund deines Besuchs?" Jetzt zu erklären, dass sie mir die letzten Tage nicht aus dem Kopf gegangen war erschien mir nicht der richtige Gesprächseinstieg zu sein. „Einfach nur so, du hattest doch gesagt komm' mich gerne besuchen. Nun, hier bin ich dann". „Ja, das sehe ich. Und weiter? Was machst du so? Was ist das denn für eine Arbeit von der du so Muckis hast?"

Das mit den Muckis war mir ein wenig unangenehm, aber von meiner Arbeit wollte ich gerne erzählen. Tat das auch ausführlich. Um aber nicht nur von mir zu reden stellte ich „zwischendurch" auch Fragen an sie. „Was machst du? Was arbeitest du?"

„Ja nix. Was soll ich schon machen? Als alleinerziehende Mutter. Ich kümmer' mich um Juliette. Spielplatz, Einkaufen, Kochen, Kinderwagen schieben, Bespassung. Das Übliche halt".

Von diesem „Üblichen" hatte ich natürlich nicht den blassesten Dunst. Wollte es aber auch nicht wirklich im Detail wissen. Versuchte irgendwie die Kurve zu kriegen, um auf meine schon einmal geäusserte Frage zu kommen, ob wir nicht mal ausgehen wollen.

„Das geht nicht so spontan, selbst wenn ich wollte. Ich komme nirgends hin, ich hab' ja nicht einmal ein Fahrrad. Ausserdem müsste ich meine Mutter fragen ob sie Juliette nehmen kann. Die kann ich nicht alleine lassen, die ist noch viel zu klein. Und sie irgendwo hin mitnehmen ist doch wohl auch ein bisschen doof, oder?"

„Ja, klar. Das verstehe ich". Das war aber nur eine Phrase von mir. Ich verstand gar nichts. Zumindest von den von Rosalie vorgebrachten Argumenten. Ich wusste nichts von Kindern. Aber auch rein gar nichts. „Würdest du denn wollen?" Rosalie sah mich an. „Was wollen?" „Mit mir ausgehen". Mit offenen Augen, die auf sie gerichtet waren, wartete ich auf ihre Reaktion, ihre Antwort. „Warum?"

„Hä? Wie warum? Weil ich gerne mit dir ausgehen würde. Vielleicht mal tanzen gehen. Oder irgendwas anderes". Rosalie schmunzelte. „Bist du nicht mit Andrea zusammen? Suchst du was Neues? Ein Abenteuer? Jemand für's Bett? Bis Andrea zurück ist?"

Die Gegenfragen waren mir unangenehm und irgendwie auch unangebracht. „Ich wollt' einfach nur mal mit dir ausgehen. Mehr nicht". Im gleichen Moment in dem ich das aussprach war ich mir selber aber nicht mehr sicher ob das so auch stimmte. Ob ich das überhaupt noch wollte. Ein wenig unsicher rutschte ich auf meinem Stuhl hin und her, drehte mir in meiner Verlegenheit noch eine Zigarette.

Rosalie bemerkte das sehr wohl. „Mal schauen, ich melde mich. Eventuell. Vielleicht". Das waren jetzt einige nette Worte für „Nein" dachte ich mir, sagte aber nichts. „Ich muss jetzt auch los".

Nicht einmal angezündet hatte ich die Zigarette, stand auf. Rosalie begleitete mich noch bis zur Haustür. „Hat mich sehr gefreut, dass du vorbeigekommen bist. Ehrlich". Für einen Moment standen wir uns auf der Türschwelle gegenüber, sahen uns an. „Kannst gerne wiederkommen. Wenn du magst".

Um nicht brüsk oder unhöflich zu Rosalie zu sein verabschiedete ich mich mit „Ich schau' mal wie es passt. Sehr gerne". Rosalie fasste meine Hand. „Damit du eines direkt weißt. Der Weg zu mir führt immer über meine Tochter". Genauso wie ich damit nichts anfangen konnte muss ich auch geschaut haben.

Einige Tage später traf ich wieder Armin im Hof. Das war die Gelegenheit für mich um ihn nach einem Fahrrad zu fragen. Er arbeitete als Fahrrad-Kurier, jobte nebenbei in einer Fahrradwerkstatt. „Kannst du mir ein Fahrrad besorgen?" „Was meinst du mit besorgen?" fragte er mich erstaunt ob der unkonkreten Fragestellung. „Ein Damenfahrrad, kein Mountainbike, was ganz Normales. Günstig. Gebraucht. Funktionierend". „Für dich?"

Das ich das für Rosalie wollte musste ich ihm ja nicht unbedingt auf die Nase binden. Dass sie "nicht einmal ein

Fahrrad habe", wie sie gesagt hatte wollte ich ändern. „Kannst du dich mal umhören? Bei euch in der Werkstatt?"

Bei seinem Kurierdienst war sowieso müssig, die flitzten alle mit High-Tech Mountainbikes durch die Gegend. So eines wie Armin selbst es auch fuhr. Ein „Specialized", mit allem Zipp und Zapp. Sowas nicht. Ich dachte mehr in Richtung Hollandrad.

Und tatsächlich, ein paar Tage später „überraschte" Armin mich mit einem Fahrrad. Zwar keine Gazelle, für mich der Inbegriff eines „Hollandrad", aber in der Art. Eine Replica. Sicher, bei weitem nicht die Verarbeitungsqualität wie bei einer Gazelle, aber immerhin. Es fuhr, hatte keine „Acht" in den Felgen. „Ein bisschen sollte man schon noch dran machen. Bremsen einstellen, alles mal fetten, Gangschaltung kontrollieren, Schloss reinigen – aber ansonsten Top" lobte er selbst seine Arbeit. „Kann ich dir gerne machen, du gibst mir noch was extra – sagen wir einen Hunni komplett, okay?"

Auf dem Hof drehte ich eine kleine „Proberunde". „Ja, okay. Fährt. Aber stimmt, Bremse und so sollte gemacht werden". Mit einer Handbewegung zeigte ich auf die an den Hof angrenzende Garage, in der auch Andreas Fahrrad stand. „Kannst du mir auch so einen Kindersitz wie bei Andrea montieren?" Armin schaute mich ein wenig ungläubig an. „Kindersitz? Für dich?" „Frag' doch nicht so blöd. Kannst du? Was kostet so was?" Armin grinste. „Ja, mach' ich. Dann noch mal 'nen Fuffi extra".

Nach Schichtende wollte ich Rosalie mit „ihrem" Fahrrad überraschen. Tauschte mein eigenes Mountainbike gegen das Damenrad und fuhr zu ihr. Auf mein Klingen hin passierte erstmal gar nichts. Ich klingelte erneut. Wieder nichts. „Und jetzt?" Mir fiel ein, dass sie bei meinem Besuch erzählt hatte, dass sie mit Juliette immer auf einen

Spielplatz in der Nähe ginge. Vielleicht … Auf „gut Glück" fuhr ich dahin.

Auf einer Bank sitzend erkannte ich Rosalie, sie sass neben einer dunkelhaarigen Frau, im nicht weit entfernten Sandkasten konnte ich Juliette ausmachen. Zumindest nahm ich das an. Ein kleines, dunkelhaariges Kind – mit Schnuller. Dass musste sie sein. An einem Metallgeländer lehnte ich „Rosalies Fahrrad" an, schloss ab und ging langsam auf die beiden auf der Bank sitzenden zu. Noch war ich mir ja nicht wirklich sicher ob sie es wirklich war. Der Spielplatz war voll mit Frauen – und Kindern. Kaum, bis gar keine Männer. Wenn überhaupt, dann augenscheinlich Türken.

Je näher ich den beiden kam umso sicherer war ich mir. Das war Rosalie. Die Haare, das freundliche Gesicht. Vertieft in ein Gespräch mit „der Dunkelhaarigen". Durch die Schrittgeräusche auf dem Kiesweg aufmerksam geworden drehte Rosalie sich um, in meine Richtung. „Hi. Was machst du denn hier?" „Hi, ich war bei dir, wollte zu dir, dich besuchen. Und da ist mir das mit dem Spielplatz eingefallen. Du hast das doch erzählt. Und da dachte ich mir …"

Rosalie stand auf, gab mir einen kleinen Kuss auf die Wange. „Das hast du behalten?" Dann drehte sie sich zu der Dunkelhaarigen. „Das ist meine Freundin Tina". Mit der Hand zeigte sie auf einen kleinen Jungen. „Und das ist Malin, Juliettes Freund. Tinas Sohn". Mein Grinsen ging von einem Ohr zum anderen. Nicht wegen der Vorstellung, sondern weil der Name Tina direkt in mir die typische Mädchenliteratur „Bibi und Tina" hervorrief.

Tina war sicherlich ähnlich alt, ähnlich jung wie Rosalie. Aber ein gänzlich anderer Typ. Nicht nur die Haarfarbe unterschied die beiden. Tinas Gesichtsausdruck war streng, schon fast herb. Und auch sonst. Sie war dünn, hager, ohne jegliche weibliche Rundungen. Keine Brüste. Sicher, Brüste hatte sie bestimmt, aber eben keine wie ich sie mir bei Frauen vorstellte. Sie war einfach nur flach wie ein Brett. Unweigerlich kam in mir die Frage auf ob man „mit ohne Brust" überhaupt ein Kleinkind säugen konnte? Mal ganz abgesehen von dem Reiz mit einer „Flachbrüstigen" intim sein zu wollen. Ist eine Fau ohne Titten überhaupt eine Frau?

„Magst du mal kurz mitkommen? Ich möchte dir was zeigen". Ich nahm Rosalie an die Hand und zog sie in Richtung des abgestellten Fahrrads.

„Was ist denn?" Aus meiner Hosentasche fingerte ich den Schlüssel des Fahrradschlosses und legte ihn in ihre Hand. „Hier, dein Fahrrad". „Wie? Dein Fahrrad?" „Ja, deins. Das möchte ich dir schenken". Rosalie sah mich ungläubig an, steckte den Schlüssl in das Schloss. „Das ist jetzt aber nicht geklaut oder so?"

„Ganz bestimmt – und auch direkt mit Kindersitz. Nein, das ist offiziell gekauft. Armin hat das besorgt. Aus der Fahrradwerkstatt. Nix Kriminelles also".

„Äh … wieso? Wofür?" Ungläubig sah Rosalie mich immer noch an. „Einfach so. Du hast doch kein Fahrrad. Hast du doch gesagt". „Ja, stimmt". „Und vielleicht können wir uns so mal spontan treffen. Wenn du mobil bist. Wenn du willst". Rosalie schaute mich nur an, sagte nichts.

„Am Rande …"

Genk-Oost. Raststätte Genk. Das Autobahnschild zeigte an „8 Kilometer". Zeit für eine Pause. Zigarette rauchen und auch einen Kaffee trinken. Mal pinkeln gehen. Also das volle Autofahrerprogramm.

Während Jürgen Kilometer gefressen hatte war sein Kopf gleichzeitig mehr als zehn Jahre zurückgereist. Und da sag' mal einer es gäbe keine Zeitreise. Vielleicht nicht körperlich, aber der Schädel macht so einiges möglich.

Jetzt wäre es natürlich schön, wenn er Rosalie mal kurz anrufen könnte, ihr Bescheid geben, dass er bald ankommen würde. Aber sie hatte kein Handy. Und in dem Apartment gab es auch kein Telefon. So blieb es denn bei Kaffee und Zigarettenpause.

Erst als Jürgen den Motor wieder startete fiel es ihm ein. „Mann, du hast doch mit Erich telefoniert. Gestern noch. Bevor du ihn abgeholt hast. Er hat doch ein Handy". Und Jürgen hatte ihm aufgetragen sich um Rosalie und die Kinder zu kümmern, sie würden also in seiner Reichweite sein.

„Hi Brother" klang es ihm entgegen, nachdem Erich das Gespräch entgegennahm. „Wo bist du? Alles ok? Keine Probleme?" „Nein, alles gut, vielleicht noch eine Stunde Fahrt. Noch ein Stück durch Holland, dann bin ich da. Alles gut. Kannst du mir mal bitte Rosalie ans Telefon holen?"

„Rosa" hörte ich Erich rufen. „Komm' mal. Dein Mann ist am Telefon". Leise - von weitem - hörte ich Rosalies Stimme. Wir sind nicht verheiratet. Das ist nicht mein Mann". Dann wieder Erich, dichter bei, vermutlich hielt er das Handy etwas von seinem Gesicht entfernt. „Dann dein Geliebter, dein Stecher, was auch immer. So ein Blödsinn, wer ausser deinem Mann würde das tun, was er gerade macht? Hä?"

Rosalie stellte die gleichen Fragen. „Wo bist du? Hast du Juliette schon abgeholt?" Und auch ihr gab Jürgen die gleichen Antworten. „Gleich. Noch etwa eine Stunde brauch' ich. Ich wollte mich einfach nur kurz melden".

Jürgen begann, setzte an zu erzählen was ihm alles durch den Kopf gegangen war. „Quatsch' keine Opern. Ich sitz' auf heissen Kohlen. Kannst du mir alles später erzählen. Hol' jetzt bitte Juliette. Bitte".

Der letzte Abschnitt lag vor ihm, Jürgen zündete sich noch eine aus dem Depot der Selbstgedrehten an, zog ein paar Mal, schnippte sie auf den Asphalt. Ein letzter kurzer Blick auf die Strassenkarte. Ein Stück Landstrasse durch die Niederlande, dann auf die A46 in Deutschland, dann hätte er es. „Na dann, auf geht's".

*****

„In deinem Fach liegt ein Zettel für dich". Armin fasste mich am Arm als ich das Hauptgebäude betrat. Er schmunzelte. „Von Rosalie. Sie war heute hier – mit deinem Damenfahrrad. Jetzt wird mir einiges klarer".

Im grossen Gemeinschaftsraum stand ein Regal, ähnlich wie in einem Postamt, mit vielen kleinen Fächern in die man etwas ablegen konnte, wenn man zum Beispiel jemanden nicht antraf oder etwas Wichtiges mitzuteilen hatte. Auch schon mal ein kleines Stück Dope. Jetzt also hatte Rosalie eine Nachricht für mich hinterlassen.

Die letzten Tage war ich nach Feierabend immer wieder dort vorbeigefahren. Um in mein Fach zu schauen, ein kleines Schwätzchen zu halten. Andrea war seit gut 2 Wochen aus ihrem Urlaub zurück, beanspruchte verständlicherweise ihr Zimmer wieder für sich und ihre Tochter. Und hatte mir „ganz nebenbei" gesteckt, dass es vorbei sei mit uns. „Einfach so, ohne Grund" wie sie sagte.

In meiner „Not" hatte ich beim Sozialamt angefragt, dort hatte man mir ein Zimmer in einem „Junggesellenwohnheim" vermittelt. Zimmer war übertrieben. Eher eine etwas edlere Gefängniszelle. Bett. Waschbecken, Tisch. Alles andere gemeinsachaftlich auf dem Flur. Wenn mein Fahrrad in dem Zimmer stand musste es eigentlich schon „wegen Überfüllung" geschlossen werden. Also, ein richtiges Loch auf gut Deutsch.

Fast nahtlos war der Projektor in Jürgens Kopf wieder angelaufen. Ähnlich wie in einem Kinosaal, den er nur mal kurz zum Pinkeln verlassen hatte.

Leicht aufgeregt faltete ich das Papier auseinander. Rosalie hatte es mit einem Streifen Tesafilm verklebt. „Würdest du mit mir tanzen gehen? Am Samstagabend? Im KK? Um 21 Uhr?" las ich ab. Mehrmals.

Der von ihr genannte Laden war ein Treff für „Kunst und Kultur". Von daher das Kürzel „KK". Neben allen möglichen kulturellen Dingen, wie Lesungen, Konzerten, Workshops und was weiss ich nicht noch alles war auch 14-täglich an den Samstagen Disco angesagt. Auch ein „Kulturcafé" durfte nicht fehlen. Ein vornehmerer Ausdruck für Kneipe.

Und ob ich wollte, würde? Aber so was von. Armin stand immer noch ein paar Schritte neben mir. „Hast du was mit der?" Ohne eine Antwort zu geben lief ich an ihm vorbei. Was hätte ich auch sagen können? Ja. Nein. Vielleicht. Freie Auswahl. „Ähm, ich muss los. Nach Hause". Bis zu meiner Unterkunft waren es noch ein paar Kilometer. Der Ortsteil war am Stadtrand, so wie ich es wohnmässig jetzt auch war, Am Rande der Gesellschaft.

Samstagabend. Ich wartete vor dem KK. Aufgeregt. Nervös. Von beiden etwas. Und das deutlich vor der vereinbarten Uhrzeit. Um mich selbst etwas zu „kalmieren" fuhr ich mit dem Fahrrad auf und ab, so konnte ich so tun als würde ich gerade erst ankommen – und nicht bei Rosalie den Eindruck erwecken, dass ich sie sehnlichst erwartete. Dann sah ich sie herankommen. Aufrecht auf ihrem Fahrrad sitzend. Sie hielt neben mir, stieg ab. „Ach, bist du auch gerade gekommen?"

Sie anlügen wollte ich nicht, also sagte ich nichts auf die Frage. Stattdessen musterte ich sie. Sie trug einen schicken Pullover, eine enge schwarze Hose, der einen Reissverschluss an der Seite ihrer Hüfte hatte. Dazu braune Lederstiefelleten. „Du siehst toll aus".

„Danke. Schön, dass du gekommen bist. Ich freu' mich total. Ich war nämlich schon lange nicht mehr aus, nicht mehr tanzen. Erst recht nicht mit 'nem Typen". „Wie? Mit 'nem Typen? Bin ich ein Typ? Und wenn ja, was für einer? Und deine Tochter? Schläft die jetzt?" Ja, ich war aufgeregt. Das merkte ich daran was ich daherlaberte.

„Nein, Tina, meine Freundin passt auf Juliette auf. Du hast sie ja kurz auf dem Spielplatz gesehen. Ich muss aber um spätestens Mitternacht wieder zuhause sein".

Wir schoben unsere Fahrräder an die Seite. Mit meinem grossen Bügelschloss schloss ich beide aneinander. Ihr Hollandrad hatte ja nur ein für diese Art typisches Speichenschloss, also nichts Besonderes, eigentlich gar nix. Als Rosalie sich herunterbeugte um den Schlüssel aus ihrem Fahrradschloss zu entfernen schaute ich auf ihren Hintern. Musste auf ihren Hintern schauen. Rosalie bemerkte meinen Blick. „Glotzt dir mir auf den Hintern?" Was sollte ich lügen. „Ähm ... ja. Du hast aber auch eine tolle Figur".

Rosalie drehte sich zu mir um. „Siehste, das meinte ich. Du bist echt ein Typ. Ich mag dich, du bist nett, hast Muckis – und wie so ein Typ halt glotzt du mir auf den Arsch". Sie verzog ihre Mundwinkel. „Komm' Typ, lass' uns reingehen. Tanzen". Griff zu meiner Hand, zog mich zum Eingang.

„Das macht dann zwei Mark Eintritt. Für jeden". An einem Biertisch stand ein junger Mann, vor ihm eine Blechkassette, die Kasse, ein Stempelkissen und ein Stempel. „Für uns beide dann". Ich legte ihm abgezählte Münzen auf den Tisch, woraufhin er uns jeweils einen Stempel auf den Handrücken drückte.

Laut dröhnte uns Musik entgegen. Der Discoraum war ein grosser Saal, in dem sonst, wenn eben keine Disco war, Musikbands spielten.

Wände schwarz, Decke schwarz, alles schwarz getüncht. Unterhaltung schlagartig „Null". An einer Seitenwand gab es eine Garderobe. Kleidungsstück gegen Metallplättchen mit Nummer – plus eine Mark Gebühr. „Gib' mir deine Jacke, dann hängen wir das auf einen Bügel" schrie Rosalie mich an, zog ihren Pullover über den Kopf. Ich sah zum ersten Mal ihre Brüste. Nicht nackt, aber sich durch ihr stramm im Hosenbund sitzendes T-Shirt abzeichnend.

54
JAN VAN RENESSE

„Heidiwitzka"

„Verdammt, was für eine Figur" entfuhr es mir. Locker hätte ich auch noch ganz andere Dinge sagen können, Rosalie verstand bei der Lautstärke sowieso nichts von dem was ich sagte, sah lediglich, dass sich meine Lippen bewegten. „Was hast du gesagt?" war sie fragend dicht an meinen Kopf herangekommen. „Verdammt heiss hier" antwortete ich mit fester und lauter Stimme. Und das war ja auch nicht gelogen. Sie war heiss, soviel war klar – für mich. Rosalie lächelte. Genau so gut hätte ich aber, gegen die Lautsprecherboxen ankämpfend, sagen können „Heute im Angebot – 2 Pfund Mett für nur Achtmarkfuffzig".

Der DJ machte einen „Super-Job", aktuelle Chart-Hits, schnellere rockige Stücke, hämmernde Beats, dann wieder etwas Langsamens und Balladiges – um zu verschnaufen, oder wie wir es taten – eng zu tanzen, mit vollem Körperkontakt, bei dem ich Rosalies Brüste durch mein leicht verschwitztes T-Shirt spüren konnte und ihr Parfum aufsaugen konnte. Sie roch „blumig", nach Magnolien, Aprikosen, Narzissen, Vanille, Rosen und Jasmin. Alles gleichzeitig – und von allem etwas.

Nach gut einer Stunde legte ich eine Pause ein, machte mich auf ins „Café", der Kneipe nebenan. Ob Rosalie verstanden hatte, dass ich dir das zugerufen hatte war nicht sicher, sie jedenfalls blieb weiterhin auf der Tanzfläche. Am Tresen orderte ich ein Bier, ging zu einem der Stehtische, zog Rauchutensilien aus der Gesässtasche meiner Jeans, drehte mir erst mal eine Zigarette.

Mein Blick schweifte durch die Kneipe, vorbei an einer Gruppe von Tischen auf einer leicht erhöhten Empore. Pärchen oder auch kleinere gemischte Gruppen schwatzten aufeinander ein. Das ging hier gut, zwar lief hier auch Musik, aber eher dezent im Hintergrund. Hier war Kommunikation angesagt. An einem Stehtisch blieben meine Augen „kleben".

„Die kennst du doch, ist das nicht ...". Zielstrebig ging ich auf die Person zu. „Hi". Helle Augen sahen mir ins Gesicht. „Hi. Dass ich dich hier treffe". Ohne lange zu fackeln erhob sich Heidi von ihrem Hocker, legte einen Arm um meine Schulter, drückte mir einen Kuss auf den Mund. „Setz' dich doch, erzähl' mal. Wir haben uns ja ewig nicht gesehen. Wie geht es dir?"

Heidi, eigentlich hiess sie Heidelinde, oder Heidemarie oder Heidiwitzka oder ... - auf jeden Fall irgendwas mit Heide, aber ich kannte sie eben nur als Heidi, war so etwa Anfang vierzig, also um einiges älter als ich. Immer gut gekleidet, dezent geschminkt und edel und teuer riechend. In ihrem Decolleté funkelte eine goldene Halskette, an ihren Fingern trug sie einige Ringe. Ja, sie hatte etwas „Damenhaftes" an sich.

Wir hatten uns vor einiger Zeit bei einem gemeinsamen Freund zufällig getroffen und waren ins Gespräch gekommen. Zu der Zeit suchte sie jemanden, der ihre Wohnung renovieren sollte. Gegen Bezahlung. Spontan hatte ich mich angeboten. Geld war immer willkommen. Und handwerklich geschickt war ich auch. Am Ende unseres ersten Gespräches hatte sie mir ihre Adresse notiert. „Du kannst dir das am Besten vorher mal anschauen" fügte sie hinzu, nachdem sie mir den Zettel herübergeschoben hatte.

Heidi wohnte in einem edlen und noblen Stadtteil, nicht weit des Flughafens entfernt. Eine in sich geschlossene Siedlung mit Einfamilienhäusern und sauberen und klar strukturierten Vorgärten. Das was man landläufig so als „Spiessersiedlung" abtat.

Bei der „Ortsbesichtigung" ihrer Wohnung war direkt zu erkennen, dass sie entweder einen gutbezahlten Job hatte oder irgendwie anderweitig über „viel Geld" verfügte. Zweigeschossig, mit mindestens fünf Zimmern. Küche, zwei Bäder – es fehlte an nichts.

Fast zwei Stunden führte sie mich rum, immer wieder anmerkend was sie wo gerne gemacht hätte. Alle Zimmer neu streichen sowieso. Das war locker für 10 Tage Arbeit, was für mich zu der Zeit kein Problem darstellte, war ich doch sonst mit allem möglichen beschäftigt, also ohne festen Job - könnte jeweils „vor oder nach" Dienstschluss noch etwas anderes tun.

Nachdem wir uns preislich verständigt hatten, den „Deal" per Handschlag besiegelnd, wollte Heidi wissen „Wann kannst du denn anfangen? Wenn es geht so bald wie möglich". „Keine Sache, von meiner Seite aus gerne direkt morgen. Aber, eine Sache noch – Material geht natürlich extra, ist klar, oder?"

Heidi ging an eine Kommode, öffnete ein Schubfach, zog einen Briefumschlag hervor, aus dem sie ein paar „Clara Schumann" hervor fingerte. So nannte man den Hundertmarkschein gerne. „Hier, reicht das? Du kaufst dann aber auch was du brauchst, ich hab' keine Ahnung von dem ganzen Renovierungskram". Dann griff sie zu ihrer Handtasche, die über der Rückenlehne eines Stuhls hing. „Und hier sind die Hausschlüssel. Ich muss ja arbeiten. Du hast dann freie Hand".

Jetzt erfuhr ich, dass sie irgendwas „Wichtiges" in der Geschäftsleitung der Messegesellschaft, die auch hier in der Nähe war, beruflich machte.

Beinahe den gesamten ersten „Arbeitstag" verbrachte ich mit Vorbereitungen in Heidis Wohnung. Nach dem Materialeinkauf hiess es unendliche Meter Fenster- und Türrahmen sowie Fussleisten abkleben, Folien und Pappen auslegen, Spiegel und Bilderrahmen samt Möbelstücken abdecken. Ihre Wohnung war komplett – und durchgehend mit Parkett ausgestattet. „Bloss nicht kleckern!"

Nachmittags war ich durch, auch körperlich. Ständig Leiter rauf, Leiter runter, auf Knien den Fussboden entlang rutschend. „Das muss für heute genügen, alles ist vorbereitet, Morgen kann es direkt losgehen" gestattete ich mir selbst den

Feierabend einzuläuten. Heidi war noch arbeiten, noch nicht zurück, als ich ihr Haus verliess.

Am nächsten Tag machte ich mich daran die Küche zu renovieren. Ist dieser Raum doch der zentrale Ort und wichtigste Raum einer jeden Wohnung, eines jeden Hauses. Ohne Küche geht doch gar nix.

Heidi hatte mir eine Nachricht auf der Anrichte neben dem Spülbecken hinterlassen. „Wenn du etwas trinken möchtest, im Kühlschrank findest du alles. Bedien' dich einfach". Toll, danke.

„Hi, das sieht doch schon richtig gut aus". Fast hätte es mich von der Leiter gerissen, so erschrak ich mich, hatte gar nicht mitbekommen, dass Heidi zurück war. Sie stellte eine weisse Plastiktragetasche auf dem Tisch ab. „Hast du schon was gegessen? Ich hab' Brathähnchen mitgebracht. Wenn du was essen möchtest?" Aus dem Augenwinkel konnte ich erkennen, während ich mich auf der Leiter umdrehte, dass sie „ganz chic" gekleidet war, so richtig „Büromässig". „Ich zieh' mich kurz um". Schon war sie verschwunden – um kurz darauf in T-Shirt und hellgrauer Jogginghose gekleidet wieder in der Küche zu erscheinen.

„Und? Hunger?" wiederholte sie ihre Einladung. „Ja. Aber erst mach' ich das noch fertig". Es fehlten mir lediglich noch ein paar kleine Pinselstriche, dann konnte ich auch das angebrachte Tesakrepp entfernen. „Die Küche wäre dann soweit erledigt" erklärte ich während ich das Klebeband zu einer Kugel zusammenknüllte.

Während wir das fettige Hähnchen assen – ohne Besteck wie sich das gehört - unterhielten wir uns, besser gesagt Heidi antwortete auf meine „Ausfragerei" nach dem was sie so mache und überhaupt.

Über meine Arbeit gab es nicht so viel zu erzählen. Wände und Decken anstreichen ist ja nicht unbedingt mit einem Erlebnisbericht auszuschmücken. Farbrolle oder Pinsel in den Farbeimer eintauchen, die Farbe auf den Flächen verteilen – that's it.

„Jetzt noch ein Bierchen" schloss ich die Mahlzeit ab. „Ja, und eine rauchen. Rauchst du auch?" wollte Heidi wissen. „Ja, mein Tabak liegt da drüber auf der Fensterbank. Bedien' dich ruhig". „Ne, ich meine kiffst du auch?" Mit dieser Frage hatte ich nicht gerechnet – und sie auch nicht als Dope-Raucherin eingeschätzt. „Tagsüber geht das natürlich nicht. Da bin ich ja permanent mit so Anzugtypen im Büro zusammen. Aber einen Joint nach Feierabend rauch' ich mir sehr gerne. Und du? Rauchst du?" „Äh … ja". Heidi griff in eine Schublade des Küchenschranks. „Dann dreh` ich uns uns mal 'ne Tüte, oder?"

Die weiteren Tage verliefen ähnlich, also jetzt nicht „Brathähnchen und dann kiffen", sondern eher mit der Anstreicharbeit. Wir unterhielten uns nach getanem Tagewerk immer noch eine Weile, sassen etwas am Küchentisch zusammen. Eine schöne, interessante, entspannte Zeit. Ich hatte die Tage bei – und mit Heidi sehr genossen.

$$*****$$

Mir war nicht aufgefallen wie ich die Zeit mit Heidi in dem Café „weggequatscht" hatte, zu sehr waren wir in unser Gespäch vertieft.

„Da bist du ja. Ich hab' dich überall gesucht". Rosalie stand neben mir, hatte mir ihre Hand auf die Schulter gelegt. „Du bist echt 'n Typ, lässt mich da einfach stehen. Das ist doch nicht normal". Heidi sah mich an, dann Rosalie. „Willst du uns nicht mal vorstellen?" „Ähm … ja. Heidi. Rosalie". Mit einer entsprechenden Handbewegung auf jede einzelne weisend kam ich dem nach.

Heidi übernahm die Wortlosigkeit, die peinliche Sprechpause. Besonders für mich peinlich. „Hallo, ich bin Heidi, eine Freundin ... nein eine Bekannte von Jürgen. Und du?" Dann sah sie zu mir. „Deine Freundin?" Rosalie kam mir mit der Antwort zuvor. „Glaubst du ernsthaft ich will so einen als Freund, der mich einfach stehen lässt, wie einen Regenschirm in der Ecke?"

Heidi hatte die Situation direkt im Griff, ich selbst ganz und gar nicht. Sie stand auf, gab Rosalie die Hand. „Ich muss jetzt auch los. Und sorry, das war meine Schuld, wir haben uns einfach festgequatscht. Sei ihm nicht böse".

Um ein wenig die Anspannung zu entkrampfen zog ich Rosalie an die Hüfte fassend an den Stehtisch heran. „Magst du etwas trinken?"

„Ja, gerne. Irgendwas Erfrischendes. Aber keinen Alkohol. Ich muss ja auch schon bald los. Tina wartet auf mich". Jetzt erst recht kam ich mir richtig Asi und beschissen vor. Hatte ich tatsächlich vergessen, dass ich mit Rosalie aus war? Naja, nicht wirklich vergessen – eher ausgeblendet.

Rosalie bombardierte mich direkt mit Fragen. „Machst du das immer so? Dass du deine Begleitung dumm warten lässt? Wer war das überhaupt? Woher kennt ihr euch? Wart ihr mal zusammen? Wie alt ist die überhaupt? Die sah schon ganz alt aus". Ich erzählte Rosalie wie es zu unserer „Bekanntschaft" gekommen war. „Und nein, wir waren nicht zusammen, wir sind befreundet. Und was heisst schon alt, sie ist Anfang vierzig. Das ist doch nicht alt. Sie ist doch keine Oma. Was heisst schon alt? Wie alt bist du überhaupt?"

Mit der letzten Frage, mit der Frage nach Rosalies Alter hatte ich die Kurve kriegen können. Mein Interesse an ihrer Person wieder in den Vordergrund holen können.

„Ich werde 25, im September. Und du, wie alt bist du?" Fünfundzwanzig, also lag ich mit meiner Einschätzung ihres Alters gar nicht so weit daneben. „Ich werde 32, im Oktober". Rosalie sah mich an. „Dann haben wir ja das gleiche Sternzeichen - Waage. Das ist ja witzig". Was genau daran witzig sein sollte erschloss sich mir nicht.

Das sich kurzzeitig gebildete Eis, die leichte Kühle zwischen uns war gebrochen. Wir unterhielten uns jetzt durchgehend, erzählten uns gegenseitig von uns. Irgendwie auch schon sehr vertraut, sehr vertraulich – obwohl wir uns ja gerade erst kennenlernten – sozusagen.

Rosalie schaute immer wieder mal Richtung Tresen. „Magst du noch etwas trinken?" Wollte sie mir das signalisieren? Unsicher fragte ich einfach nach. „Nein, danke. Ich muss jetzt schon fast los. Was ist mit dir?" Was sollte mit mir sein? Musste ich los? „Ich mach' mich dann auch mal auf den Weg. Ich hol' unsere Jacken, okay?"

Selbst wenn ich nicht losgemusst hätte, unsere Fahrräder waren aneinander gekettet, also musste ich zwangsläufig mit raus. Ein wenig steif und unbeholfen standen wir an den Fahrrädern zusammen. Ich hätte sie küssen wollen, tat es aber nicht.

„Sehen wir uns noch mal, gehst du noch einmal mit mir aus?" Rosalie schmunzelte. „Ja, gerne. Aber nicht so wie heute". „Versprochen". Rosalie nahm mich kurz in den Arm. „Komm' gut nach Hause. Und meld' dich ruhig".

62
JAN VAN RENESSE

„Frau Schnibbelskirchen"

In einiger Entfernung konnte Jürgen bereits den ihm vertrauten Flussbogen erkennen, jetzt nur noch über die Rheinbrücke. In wenigen Minuten wäre er am Ziel. Am vorläufigen Ziel, dem Ende der Autofahrt.

Das Jugendamt war ein grauer, ausgewaschener Klotz. Als Gebäude konnte man das nicht bezeichnen. So gar nichts Freundliches strahlte das Haus aus den 50er Jahren aus. Im Eingangsbereich, Foyer nennt man das ja bei Ämtern, fragte er den Portier nach der Zimmernummer.

„Guten Tag, ich möchte zu Frau Schnibbelskirchen, sie erwartet mich". Mit einem Finger fuhr der Mann über ein vor ihm liegendes Register. „Frau Wermelskirchen meinen sie sicherlich?" „Ja klar, das meinte ich". Er schmunzelte, wiederholte leise und amüsiert „Schnibbelskirchen", nannte die Zimmernummer. „Erste Etage, am Treppenaufgang gleich links".

Nachdem auf sein Klopfen an der Zimmertür ein freundliches „Herein" zu hören war trat Jürgen ein. „Guten Tag, ich komme um Juliette abzuholen". „Ah, dann sind Sie der Vater?" Mit einer an Selbstsicherheit nicht zu überbietenden Überzeugung bestätigte er „Ja". Frau Wermelskirchen bat ihn um seinen Ausweis. Während Jürgen sein Portemonnaie aus der Gesässtasche hervorzog ermahnte er sich selbst darauf zu achten sie bloss nicht mit „Schnibbelskirchen" anzureden.

Sie musterte seinen Ausweis, dann Jürgen. „Sie haben aber einen ganz anderen Familiennamen". „Ja, ich bin nicht verheiratet, von daher. Ist ja auch nichts Ungewöhnliches heutzutage, oder?" Jürgen machte eine ganz kleine Pause. „Sind Sie verheiratet?" Frau Wermelskirchen schaute auf. „Nein". Seine ihm förmlich auf den Lippen klebende Frage „Haben Sie Kinder?" verkniff er sich.

Von einem Stapel Akten zog sie eine hervor. „Hier habe ich es. Ihre Tochter Juliette wurde verhaftet. Weil keine erziehungsberechtige Person bei Ihnen angetroffen wurde hat die Polizei sie an uns überstellt".

Diese Amtssprache – erziehungsberechtige Person – überstellt. War das Absicht, dass die immer so schwülstig daherredeten?

„Wie konnte das passieren?" Frau Wermelskirchen sah Jürgen an. „Was meinen Sie? Was genau?" „Ja, dass niemand, kein Erziehungsberechtigunger angetroffen wurde?" Am liebsten hätte er es ihr gesagt, weil halt eben keiner da war, warum sonst wohl? „Juliettes Mutter ist auf einer beruflichen Fortbildung. Und ich selbst komme gerade aus Holland, von einem Geschäftstermin. Das hatte ich Ihnen aber heute morgen auch schon am Telefon gesagt, oder?"

„Kann ich Juliette dann jetzt mitnehmen, nach Hause mitnehmen?" „Ja, ich habe hier ein Schreiben, dass Sie mir bestätigen müssen. Da steht alles drin was Ihnen zur Last gelegt wird. Ruhestörung, Alkoholkonsum, Verletzung der Aufsichtspflicht und so weiter. Juliette ist ja noch minderjährig, also stehen Sie als Eltern in der Verantwortung". Wieder so ein Ausdruck – zur Last gelegt wird. Juliette war ein Mädchen, ein Teenger, keine Last. Nunja, manchmal schon. Nicht wirklich eine Last. Lästig eher. Wie alle Pubertiere.

„Sie bekommen auf jeden Fall noch Post von uns, vom Jugendamt". Sie reichte Jürgen mehrere zusammengetackerte A4 Blätter an. „Das müssen sie mir quittieren. Dass Sie das erhalten haben. Dass ich sie belehrt habe. Sie können sich das ja in Ruhe durchlesen, ich hole ihre Tochter".

Machte sie das mit Absicht, dass das jetzt so lange dauerte – oder wo musste sie Juliette abholen? In welchem Kerker hatte man denn das Mädchen weggesperrt. Allein der Gedanke, dass man sie wie einen Verbrecher eingesperrt hatte hätte Jürgen kotzen lassen können. „Bewahr' die Contenence, zumindest bis du hier raus bist" wusste die Stimme in seinem Kopf zu ermahnen.

Auf dem Flur vernahm er Schritte und eine Stimme, die sagte „So, jetzt kannst du wieder nach Hause. Dein Vater ist da um dich abzuholen". Inzwischen hatte Jürgen bestimmt in Schnibbelskirchen's Büro eine Strecke von zwölf Kilometer abgeschritten, auf und ab laufend wie ein Tiger im Käfig.

Juliette sah fix und fertig aus, kam mit hängendem Kopf in das Büro. Klar, sie schämte sich. Aber das war es nicht allein. Wie kann man einen jungen, heranwachsenden Menschen mit „Wegsperren" bestrafen? Mit einem Auge zwinkerte Jürgen ihr zu. Juliette kam auf ihn zu, drückte sich an seinen Brustkorb. „Danke, dass du gekommen bist. Danke Papa".

„Haben Sie alles durchgelesen?" „Ja, habe ich". Natürlich war das nicht so, gar nichts hatte er sich durchgelesen. Abgesehen davon, dass er null Interesse hatte sich dieses Behördengequatsche, bzw. Geschreibe zu Gemüte zu führen, würde er gleich alles von Juliette erfahren. Sozusagen aus erster Hand – und in unkomplizierten Formulierungen. „Wenn Sie das dann bitte hier unterschreiben wollen?" „Auch das. Sehr gerne".

Jürgen legte seinen Arm um Juliette, schloss sie fest in den Arm. „Lass' uns gehen". Zu Frau Wermeldkirchen drehte er sich ein letztes Mal, hoffentlich, um. „Auf Wiedersehen". Hoffentlich nicht.

Den kompletten Weg bis zum Parkplatz schluchzte und weinte Juliette. „Es tut mir leid" wiederholte sie, sicherlich aufrichtig. „Ja, komm', das ist schon in Ordnung. Die Hauptsache ist doch, dass du jetzt bei mir bist. Und bald auch schon bei Mama und deinem Bruder". Sie sah zu Jürgen hoch. „Ist doch klar, dass du jetzt mit mir kommst. Ist dir doch klar, oder?"

Juliette drückte sich fester an ihn heran. „Ja Papa". Jürgen musste lachen. „Das brauchst du jetzt nicht mehr, nicht weiter sagen. Wir wissen doch beide wie es ist".

„Wir fahren jetzt zu euch nach Hause, da packst du dir ein paar Klamotten und deinen Schminkkoffer, dann fahren wir zurück nach Holland. Wir werden sehnsüchtig erwartet".

„Kann ich denn noch …?" „Ne Juliette, egal was du fragen möchtest. Ne. Du packst deinen Kram, mehr nicht". Juliette hakte nicht nach. Wenn es doch immer so einfach wäre mit einem Teenager. Man sagt was und sie macht es einfach.

In der kleinen Wohnsiedlung in der Juliette mit Rosalie und Louis lebte parkte Jürgen den Volvo am Gehsteig. „Trödel' nicht zu lange rum, ich warte hier, im Auto. Also mach' voran, bitte". Juliette öffnete die Beifahrertüre. „Ja". Aus dem schräg gegenüber liegendem Hause kam eine Nachbarin, Claudia, auf den Volvo zu. Jürgen kurbelte die Fensterscheibe herunter. Kurbelte nicht wirklich, das ging elektrisch.

„Hallo. Weißt du schon was hier gestern bei euch los war?" „Hallo Claudia. Wieso bei euch? Ich wohn' hier nicht. Nicht mehr. Das weißt du doch?" „Ja, ich meinte bei Rosalie. Wo ist sie denn?" Mal ganz abgesehendavon, dass sie, Claudia, das so rein gar nichts anging lenkte Jürgen das Gespräch wieder in Richtung ihrer Fragestellung."Wieso? Was war denn los?"

„Da war tierisch laute Musik, Typen die auf dem Balkon gesoffen haben. Und Juliette hat immer laut geschrieen. Ich hatte Angst, dass sie eventuell vergewaltigt wird, da habe ich die Polizei gerufen".

„Was hast du? Du hast die Bullen gerufen? Bist du noch ganz sauber?" „Was hätte ich denn machen sollen? Wäre es dir lieber, wenn …".

Jürgen unterbrach sie jäh. „Claudia, mir wäre es lieber, wenn du dich um deine eigene Scheisse kümmern würdest. Damit wärst du garantiert genügend beschäftigt. Echt, was bist du doch für eine blöde Kuh. Juliette ist wegen dir verhaftet worden".

Aus dem Hauseingang kam in dem Moment Juliette, immer noch sichtbar bedröppelt, mit einer Tasche in der Hand. Um ihr den Kofferraum zu öffnen stieg Jürgen aus. „Hier, der blöden Trulla hast du das alles zu verdanken", zeigte er zu Claudia. „Die hat die Bullen angerufen". Juliette sah sie schweigend an, stieg wortlos in den Volvo. Wir fuhren los.

„Ich weiss ja nicht was mit dir ist, aber ich hab' jetzt voll Hunger. Ich muss essen. Und du?" Juliette nickte nur. Sie war „kleinlaut", wortkorg, demütig.

Nicht weit entfernt wusste ich ein ganz hervorragendes griechisches Restaurant mit „Mittagstisch". Das sollte es werden. „Wir futtern erstmal anständig, oder?"

Georgios brachte uns die Speisenkarte. Auch wenn er garantiert nicht Georgios hiess. Das machte aber nichts.

„Ich nehm' einmal bitte den Gyros-Teller. Und einmal die Grillplatte, mit Gyros, Bifteki, Souvlaki und dem ganzen anderen Kram. Aber nur Fleisch. Pommes und Salat kannste weglassen. Bitte". Georgios verschwand, Juliette lachte. Bestimmt zum ersten Mal jetzt seit was weiss ich wie vielen Stunden. „Du bist echt locker. So wie du mit dem geredet hast". „Ich weiss, aber nicht nur heute".

Um jetzt das Jugendamt-Drama nicht zum Thema zu haben erzählte Jürgen von den bisherigen Urlaubstagen, vom Meer, von den Ausflügen. Georgios brachte die Bestellung. „Die Metzgerplatte ist für sie" zeigte Jürgen auf Juliette. „Du isst doch gerne Fleisch, das hat sich doch bestimmt nicht geändert?" Juliette nickte, begann sofort zu essen. Ohne es genau zu wissen war mir klar - „Die muss Hunger haben".

Dann war es Juliette, die begann Fragen zu stellen. „Du bist nicht sauer?" „Worüber?" „Du hast das doch alles gelesen, was die Frau dir beim Jugendamt gegeben hat". „Nein, ich bin nicht sauer. Und ich hab' das auch nicht gelesen".

„Du hast das einfach unterschrieben?" „Ja. Das wirst du uns nachher alles bestimmt selbst erzählen, oder? Nachher. Wenn wir bei Mama sind. Brauchst das ja jetzt nicht unbedingt wie ein Tonband mehrmals wiederholen. Ich bin auch nicht gekommen um was zu lesen, sondern um dich abzuholen. Dass du wieder bei deiner Familie bist, bei den Menschen die dich lieben". Juliette begann wieder zu weinen. „Komm' ist halb so wild. Und ob du es glaubst oder nicht – ich war auch mal so alt wie du. Und Mama auch".

Eine gute Stunde hatten sie im Restaurant verbracht, sich den Wanst vollgeschlagen. Zeit um die Rückreise anzutreten. Das würde ja auch noch mal gut vier Stunden benötigen.

Aus dem Handschuhfach nahm Jürgen die Strassenkarte, suchte die Strecke über Holland, also Venlo, Eindhoven raus. Erst dann runter nach Antwerpen bis letztendlich nach Cadzand-Bad. „Möchtest du mal Mama anrufen, die ist sicherlich froh deine Stimme zu hören?"

„Wie soll ich die denn anrufen, die hat doch gar kein Telefon?" Ich gab ihr mein Nokia. „Drück' einfach auf Wahlwiederholung, das ist die Nummer von Erich, der ist auch bei uns in Holland. Dann fragst du ob du Mama sprechen kannst".

Die erste Frage, der erste Satz war noch relativ einfach zu bewerkstelligen. „Hallo, hier ist Juliette. Kann ich mal bitte meine Mutter sprechen?" Dann aber brach sie in Tränen aus und nur noch weinerliche Laute kamen aus Juliette heraus.

JAN VAN RENESSE

„Die Weissglut"

„Gib mir mal das Handy, ich rede mal kurz mit Mama" bat Jürgen Juliette. Und auch nur kurz. „Unsere Maus sitzt jetzt neben mir, wir sind auf dem Rückweg. Alles gut. Also, bis bald". Juliette rief noch schnell „Mama, ich hab' dich lieb. Es tut mir leid" in das Telefon.

Nach weniger als 40 Minuten waren wir in Venlo. Der Grenzübertritt war easy, keine Kontrolle, freie Fahrt. Juliette war eingeschlafen. Wir befuhren jetzt die A67. Die Strecke kannte ich nur zu gut. An der Van der Valk Raststätte hatte ich die Autobahn kurz verlassen, wollte eine Zigarette rauchen.

Nachdem ich den Motor ausgeschaltet hatte und ausgestiegen war öffnete ich die Beifahrertür. Juliette schreckte auf. „Sind wir schon da?" „Nein, wir sind kurz hinter Venlo, kleine Raucherpause. Für mich. Oder rauchst du auch?" Schläfrig sah Juliette mich an. „Nein". „Ganz sicher?" „Ja, ganz sicher".

Dann arrangierte Jürgen den Kofferraum, räumte ihre Tasche beiseite, legte eine Wolldecke, die immer im Auto war, über die Ladefläche aus, klappte die Rückbank um. „Das ist jetzt grösser als dein Bett zuhause, leg' dich gerne richtig hin. Wieviel Stunden hast du denn jetzt nicht richtig gepennt? Im Kerker gibt es ja wohl nur ein Betonbett". Juliette lachte, ein wenig gequält. „Woher weißt du das?" Nicht nur um nicht zu viel Details preis zu geben – auch um seine Position für noch garantiert folgende Standpauken zu festigen – sagte er „Ich weiss das eben".

Juliette hatte sich auf der riesigen Ladefläche des Volvos in die Decke eingemuckelt, als Kopfkissen gab Jürgen ihr seine Jacke, die Fahrt ging weiter. Das erste Teilstück, bis etwa Eindhoven ging locker. Nur noch einmal die Autobahn wechseln, auf die E34 in Belgien, die dann bis in unseren Urlaubsort Cadzand-Bad führte.

Immer wieder mal warf Jürgen einen Blick in den Rückspiegel um nach Juliette zu schauen. „Kannst du dich noch daran erinnern wie wir uns kennen gelernt haben? Als du noch ganz klein warst? Immer mit Schnuller im Mund?" Juliette antworte schon lange nicht mehr, schlief fest.

*****

Nachdem ich einen Abend mit Rosalie zum Tanzen ausgegangen war, was aber nicht unbedingt rund lief, zog es mich danach immer wieder zu ihr. Ich fuhr nach Feierabend, zumindest wenn ich Frühschicht hatte, auf den Spielplatz wo sie sich mit Juliette aufhielt. Wir unterhielten uns, auf der Parkbank nebeneinandersitzend.

Nach und nach setzte ich mich auch des Öfteren zu Juliette in den Sandkasten oder hob sie niedrige Klettergerüste oder sonstige Turngeräte hoch. Lachte auch viel mit ihr, über sie. Wir kamen uns langsam näher. Ich mochte sie, dieses kleine, schnullersaugende Mädchen. Und ich hatte mehr und mehr das Gefühl, dass sie mich auch mochte.

An diesem Wochenende hatten wir erstmalig verabredet etwas gemeinsam zu unternehmen, also auch mit Juliette. Eine Fahrradtour sollte es werden. Natürlich im Rahmen, nichts übermässig anstrengendes, schliesslich würden wir mit Kind unterwegs sein. Gemütlich, mit ausreichenden Pausen. Rosalie hatte alles schon irgendwie „geplant". „Ich mach' uns Snacks und sowas fertig, für ein Picknick unterwegs. Hast du Lust?"

Wir fuhren immer am Rhein entlang, durch sattgrüne Landschaft, der „Urdenbacher Kämpe". Herrlich anzusehen, ein wenig fast wie in Holland. Flach, mit weitem Blick, immer dem Verlauf des Rheins folgend. Etwas weiter Rheinaufwärts war eine Fährschiffanlegestelle, von der Rosalie berichtete. „Wenn du magst können wir da nachher Übersetzen. Der Ort auf der anderen Rheinseite ist sehr schön". Das kannte ich bislang nicht, also warum nicht.

An einer schönen grossen Feldfläche hielten wir für das geplante Picknick. Rosalie hatte mittlerweile ihr Fahrrad aufgerüstet. Mit Korb und Gepäcktaschen, aus denen sie jetzt eine Decke hervorzauberte sowie einige Tupper-Dosen mit Essenswaren. Zuerst aber genoss ich es mit Juliette auf der Decke zu toben, ihr dabei zuzuschauen wie sie durch die Gräser lief, die für sie wahrscheinlich eher wie ein riesiger Urwald sein mussten. Mein Gott, war sie klein – und süss.

Auf der Decke liegend alberten wir herum, mal lag Juliette auf meinem Bauch oder Rosalie kitzelte sie aus oder was auch immer. Immer wieder mal berührten sich Rosalies und meine Hände „zufällig", hielten sich für einen kleinen Moment fest. Unsere Blicke trafen sich. Irgendwann war der erste Kuss unvermeidlich. Erst sehr zaghaft, aber wiederkehrend, dann aber genau so schnell intensiver. Als ich in einer Situation Juliette auf meinem Bauch hatte beugte sich Rosalie über uns beide, steckte mir ihre Zunge in den Mund, umarmte uns beide. Eine wohlige Wärme durchströmte mich. Mit einer Hand, mit einem Arm hielt ich Juliette fest an meinem Körper, mit der anderen griff ich unter Rosalies Shirt, an ihre Brüste. Etwas verlegen stammelte ich „Sorry, das wollte ich nicht". Rosalie gab mir einen Kuss. „Aber ich".

„Lass' uns doch bald weiterfahren" schlug ich vor. Für mich war klar, dass unsere zufälligen Berührungen sonst „ausufern" würden. Wir schoben die Fahrräder den kleinen Deich nach oben, fuhren weiter, setzten wenig später mit der Fähre über nach Zons, zur Feste Zons, wie auf einer Hinweistafel zu lesen war.

Nach einer kurzen Überfahrt empfing uns das kleine Örtchen mit einem ganz besonderen Charme und seiner gut erhaltenen Befestigungsanlage aus dem 14. Jahrhundert. Während wir durch die schmalen Gassen schlenderten, auch hier und da mal einkehrten - in einem der unzähligen Cafés - fiel mir etwas Besonderes auf. Ich schien plötzlich zu verstehen warum

Frauen so gebaut sind wie sie gebaut sind. Die schmale Taille, die dann in das breitere Becken verläuft ist sicherlich aus „gebärtechnischen" Gründen so, aber ich bemerkte das Rosalie Juliette perfekt in ihre Taille setzen konnte. Bei mir war das nicht möglich, dafür verlief mein Oberkörper einfach zu „gerade" nach unten ab. Um das zu kompensieren nahm ich Juliette dann auf meine Schulterblätter.

Zons war für mich ein richtig schöner, lebendiger Ausflug in die Vergangenheit, in der ich meinte ein wenig das Mittelalter zu verspüren. Dann aber drängte ich darauf den Heimweg anzutreten. Diesmal auch, wenn möglich – so bat ich Rosalie – mit weniger Unterbrechung.

*****

Den Autobahnring um Antwerpen hatten sie gerade passiert. Der Blick in den Rückspiegel verriet Jürgen, dass Juliette immer noch schlief. Ob sie sich wohl an diesen – und andere Ausflüge noch erinnern konnte? Wohl kaum, bei Jürgen war auch jegliche Erinnerung an seine früheste Kindheit irgendwie weg, oder erst gar nicht da. Erst so ab Einschulung etwa konnte er Fragmente aus seinem Unterbewusstsein abrufen zu können.

Etwa auf der Höhe von Beveren machten sie einen weiteren Stopp, die Nikotinsucht ... Aber auch mal pinkeln war keine schlechte Idee. Leise stieg Jürgen aus, schloss sanft die Fahrertür. Lief ein paar Schritte über den Parkplatz während er rauchte. Entschied sich dann nochmals bei Erich anzurufen. „Wir werden jetzt noch etwa eine Stunde brauchen bis zu unserer Ankunft in Cadzand-Bad". Er sich gar nicht erst mit Rosalie verbinden, bat Erich kurz und knapp die Info weiter zu geben. „Juliette schläft im Kofferraum, aber alles okay bei uns. Bis gleich".

*****

Rosalie hatte ich noch bis nach Hause zu sich zurückbegleitet, wollte aber – trotz ihrer netten Einladung – nicht mit zu ihr „nach oben" kommen. „Ich treffe mich mit ein paar Freunden, wir wollen etwas abhängen. Musik hören, Bier trinken und so". „Okay. Danke für den schönen Ausflug".

Wieder standen wir so wie Falschgeld uns gegenüber, sahen uns noch eine Weile wortlos an. „Ja dann ..." durchbrach ich die Stille. „Ja dann" entgegenete Rosalie. „Aber sag' mal, nächstes Wochenende ist unter der Eisenbahnbrücke ein grosses Fest von einem meiner Freunde. Würdest du mitkommen wollen? Ich habe bereits mit meiner Mutter gesprochen, sie nimmt dann Juliette zu sich. Von Freitagabend bis Sonntagabend. Ich wäre frei, auch über Nacht". War ich jetzt so blöd? Oder warum musste ich nachhaken. „Und was soll das heissen? Ich wäre frei?" Rosalie gab mir statt einer Antwort einen innigen Kuss. „Für dich. Wenn du mich willst. Oder fandest du das nicht schön? Dass wir uns geküsst und ein bisschen befummelt haben?"

„Öööh. Doch. Ist der Weg denn schon frei?" Jetzt war es Rosalie die anscheinend auf der Leitung stand. „Welcher Weg?" „Na, du hast doch gesagt der Weg zu dir geht über deine Tochter". Rosalie grinste, gab mir erneut einen Kuss. „Ja, der Weg ist frei".

„Ja dann. Aber ich habe Spätschicht, ich kann nicht vor 22.30 bei dir sein. Passt das denn überhaupt?"

Die ganze Woche über hatte ich dem Freitag entgegengefiebert, fuhr zügig nach der Schicht zu Rosalie, klingelte an der Haustüre. Nachdem sie mir die Türe öffnete lief ich aber nur bis zum Auge des Treppenhauses, schaute nach oben und bat sie mit einer Handbewegung herunter zu kommen. Jetzt mal eben die 5+1 Stockwerke hochzulatschen wollte ich nicht unbedingt.

Ich wartete auf dem Gehweg vor dem Hauseingang. Rosalie war erschienen, sie trug ein langes, leichtes Kleid, dazu eine Strickjacke und die braunen Schnürstiefeletten, die ich schon mal an ihr bemerkt hatte. Das lag daran, dass ich grundsätzlch auf Stiefeletten, Damenstiefeletten stand. Ich verband damit irgendwas Nuttiges, Verruchtes. Immer schon. Die Geräusche die die Absätze beim Gehen machten verstärkten das noch.

Um die Stirn hatte sie ein langes Batiktuch gebunden, das lang über ihre Schulter herunterhing. „Du siehst toll aus". Das tat sie in der Tat. Nicht nur hübsche Kleidung, auch ihr Gesicht war geschminkt, knallrote Lippen, leicht schwarz schattierte Augen.

Rosalie schloss ihr Fahrrad auf, schloss es direkt wieder ab, drehte sich mit dem Rücken zu mir, beugte sich „extra" besonders tief herab, reckte mir ihren Hintern entgegen während sie erneut das Fahrradschloss entriegelte. „Willst du mir auf den Hintern glotzen?" Ich lachte. „Ja, aber magst du vorher nicht mal eben ein paar Schritte auf und ab gehen?" „Wofür das denn jetzt?" fragte sie erstaunt. Ich erzählte Rosalie von meiner Vorliebe und der damit verbundenen Phantasie zu Stiefeletten.

„Man merkt, dass du etwas älter bist. Du bist ein bisschen versaut, oder?" „Ach quatsch, ich möchte dich nur ein wenig betrachten". Rosalie tat mir den Gefallen.

„Auf der anderen Seite vom Bahndamm ...", sie zeigte hoch zu den Gleisanlagen, „... da sind die Nutten". „Das weiss ich". „Ach. Warst du da schon?" Aus welchem Grund auch immer sagte ich die Wahrheit. „Ja, war ich". Rosalie drehte ihren Kopf zu mir. „Das war mehr so als Scherz gemeint von mir". „Ja, aber war ich schon. Bei den Nutten".

Wir fuhren los. Erst sprachen wir für eine Weile nicht. Ob das jetzt an meinem Nuttenbekenntnis lag war für mich nicht zu ergründen. Erst nach einer Weile, kurz bevor wir die

Rheinbrücke überqueren, fuhr Rosalie neben mich, griff meine Hand. „Ich mag dich. Sehr sogar".

Hinter der Rheinüberquerung führte ein schmaler Weg direkt bis ans Wasser heran. Man konnte schon einzelne „Lagerfeuer" erkennen, Musik drang zu uns herüber. An einem Brückenpfeiler stellten wir die Fahrräder ab, schlossen sie zusammen.

Überall verstreut sassen Gruppen auf mitgebrachten Decken, es wurde gegrillt, in einige Plastikwannen waren Getränke in Unmenge von Eis deponiert. Schnell hatte Rosalie eine Gruppe ausgemacht. „Ich geh' da mal hin, das sind Freunde von mir".

Mitzukommen lag mir nicht. „Ich schau' mich mal ein bisschen um". Entdeckte wenig später auch einige meiner Freunde, unter anderem Erich und seinen Bruder Peter. Ja, den Erich, der sich jetzt um meine „Restfamilie" kümmerte.

Lass' es eine Stunde oder mehr gewsesen sein als Rosalie neben der Decke der Gruppe stand, bei der ich mich niedergelassen hatte. „Hi" grüsste sie in die Runde, hockte sich zeitgleich neben mich. „Und wer bist du?" fragte Peter, der etwas versetzt zu mir auf der Decke hockte und einen Joint drehte. „Das ist Rosalie, wir sind zusammen hergekommen, sie hat mich eingeladen".

„Hi Rosalie" tönte es ihr aus mehreren Mündern entgegen. Rosalie kicherte. Lehnte sich an meine Schulter. „Was ist?" fragte ich ein wenig erstaunt. „Ich bin schon ein bisschen blau, ich trink' doch sonst nichts. Habe ein wenig Wein mit den Mädels getrunken". Sie sah mich von der Seite an. „Oder findest du das blöd?" „Was jetzt? Dass du getrunken hast? Oder dich anlehnst?" „Beides". „Nö. Weder noch. Find' ich gut".

Peter war ein Stück zu uns herübergerutscht, reichte mir den Joint an. „Was ist denn mit Andrea?" Er kannte sie ja auch, wusste von meiner Beziehung mit ihr. Ein- oder zweimal waren wir gemeinsam aus. „Das ist nix mehr". „Aha. Dann ist das jetzt deine Neue?" Diese Frage war mir unangenehm, schien mir nicht angebracht, zumindest nicht im direkten Beisein von Rosalie.

„Ich weiss nicht …". Peter schaute Rosalie an, fragte sie direkt und unverblümt „Und du, weißt du denn?" Rosalie kicherte ein wenig. Ebenfalls, so wie ich, aus Verlegenheit? Aus Unsicherheit? Oder weil das diesen ihr wildfremden Menschen nunmal gar nichts anzugehen hatte? Peter beantwortete sich die Frage selbst. „Mann, so wie du die anschaust, wie sie dich anschaut. Ihr seid verliebt. Punkt. Ende. Aus".

„Nun. Wenn du das sagst. Und es wohl offensichtlich ist. Ausser für uns beide". Ich hob meine Bierflasche, zog eine weitere aus dem riesigen „Eiskübel" neben der Decke, reichte sie Rosalie. „Dann auf unser Wohl, meine Geliebte". Unsere Flaschen stiessen zusammen. Nach einem grossen Schluck legte ich meinen Arm um Rosalies Schulter, küsste sie. „Ja, ich bin verliebt. In dich". Rosalie sagte nichts. Weder pro noch kontra.

Die Runde wurde zunehmends geselliger, es wurde getrunken, geraucht, gekifft, gelacht, geredet, Witze erzählt – kurzum – super Stimmung.

Das anfängliche Ritual zwischen Rosalie und mir, aus Verlegenheit - erst anstossen, dann küssen - wurde mehr und mehr von uns beiden ausgebaut – perfektioniert. Ab einem bestimmten Zeitpunkt verzichteten wir auf das zuprosten, küssten uns ungeniert.

Es muss so gegen Mitternacht gewesen sein, alle stimmten ein „Happy Birthday" an, Feuerwerk wurde entzündet. Heftig wurden Flaschen aneinander gestossen. „Auf das Geburtstagskind".

Rosalie zog mich an der Hand aus der Hockposition von der Decke hoch. „Lass' uns doch mal zum Wasser runtergehen. Du hast mir doch erzählt wie sehr du Wasser magst".

Wir schlenderten am Ufer entlang, entfernten uns mehr und mehr von den Leuten, vom Fest. An einer kleinen Sandbank, einer Art „Ministrand" setzte sich Rosalie. „Komm' zu mir". Ich war ihrer Aufforderung kaum nachgekommen, schon ging sie mir an die Wäsche. Küsste mich, fasste mir in den Schritt. „Schläfst du mit mir?" „Bitte? Hier?" „Ja. Hier. Jetzt". Rosalie setzte sich auf meinen Schoss, schob ihr Kleid hoch, begann mir, während sie mich küsste, mich verschlang, die Hose zu öffnen.

„Moment mal. Ist das jetzt, weil du betrunken bist?" „Nein, weil ich mit dir schlafen möchte". Sie nahm mein Gesicht in ihre Hände. Ok, auch weil ich betrunken bin. Ne, gar nicht wahr – nicht betrunken bin, etwas getrunken habe. Aber zuallererst, weil ich mit dir schlafen möchte". Rosalie stand kurz auf, streifte sich den Slip herunter, setzte sich wieder auf meinen Schoss. „Heb' mal deinen Hintern an, damit ich dir die Hose ausziehen kann".

Ich zog sie an mich. „Du willst das wirklich?" Auf mir sitzend zog sie ihr Kleid über den Kopf aus. „Ja. Unbedingt". Küssend und streichelnd stimulierten wir uns gegenseitig. Ich hielt inne. „Was ist mit Verhütung?" Rosalie lächelte mich an. „Ich hab' eine Spirale. Du brauchst dir keine Gedanken machen". Rosalie half mir dabei, meinen mittlerweile voll eregierten Penis in sie einzuführen. Rosalie stöhnte leise und leicht auf. Drückte mein Gesicht fest an ihre Brüste. „Findest du mich attraktiv? Oder …". Sie nahm meinen Kopf mit zwei Fingern an der Kinnspitze „… Oder nur eine Abwechslung für dich? Weil mit Andrea ja nichts mehr ist?"

Schön langsam bewegte sich Rosalie auf mir. Hatte nicht einmal auf eine Antwort von mir gewartet. „Ich mag es besonders wenn du dabei meine Brüste in den Mund nimmst" sprach sie mit leiser Stimme. „Ne, ist nicht wahr" polterte ich so laut heraus, dass sie zusammenzuckte. „Was ist?" Rosalie hatte aufgehört sich zu bewegen. „Das glaub' ich jetzt nicht. Das muss ich dir erzählen".

Ich begann auch sogleich ihr zu gestehen wie sehr ich selber darauf stand an Brüsten zu saugen. Immer schon. Rosalie kam mit ihrem Oberkörper ganz dicht an mein Gesicht heran, begann wieder sich auf mir zu bewegen. „Dann nimm meine Titten in dem Mund. Lass' dich voll gehen".

*****

„Müssen wir noch lange fahren?" Jürgen zuckte zusammen. Juliette hatte ihn mit ihrer Frage aus der Geschichte herausgerissen. „Ich hab' nämlich keinen Bock mehr. Und ich müsste auch mal pissen. Kann ich nach vorne kommen?" „Ääh... ja klar, aber ich halt nicht an, kannst ja einfach über die Rückenlehne klettern".

Schnell war Juliette auf den Beifahrersitz geklettert. „Kannst du nicht mal bitte anhalten. Ich mach' mir sonst in die Hose". Jürgen fuhr rechts ran, kurz vor „Zuidzande", also nur noch knapp 7 Kilometer von Cadzand. „Wir sind aber gleich da, so in fünf, höchstens zehn Minuten". „Ne, jetzt. Ich muss jetzt pinkeln. Bitte halt an".

Juliette stieg aus, machte nicht einmal Anstalten sich vom Auto wegzubewegen, hockte sich hin und pinkelte direkt neben die Tür. Jürgen musste lachen. „Dann weiss ich ja wo du das herhast". „Ja? Macht Mama das auch?"

Aus dem Handschuhfach reichte er ihr ein Paket „Tempotücher" an. „Hier". Juliette streckte ihre Hand aus. „Ist ja irre, so was – Tempos – hast du direkt griffbereit im Auto?" Er sah zu ihr herüber. „Du kannst dir gar nicht vorstellen was man alles im Auto hat, wenn man mit Kindern unterwegs ist". Juliette stieg ein. „Ich bin aber kein Kind mehr"

„Ich weiss. Das sieht man auch immer mehr, dass du zur jungen Frau wirst. Du kriegst schon richtige Brüste". Juliette verschränkte die Arme vor der Brust. „Du bist blöd". „Ja, auch das weiss ich".

Sie musste aber grinsen als Jürgen sie anschaute. „Aber du bist nett". „Wie? Nur nett?" „Ach Mann. Du weißt schon. Ich hab' dich lieb". Jürgen beugte mich zu ihr herüber, gab ihr einen Kuss auf die Wange. „Das weiss ich. Ich dich auch. Immer schon. Seit Jahren".

Es ging stramm auf sieben Uhr zu. Abends. Jetzt beinahe 12 Stunden auf dem Buckel. Eigentlich mehr auf dem Arsch. „Mann, bin ich froh, wenn wir jetzt gleich da sind. Dann gibt es erstmal ein Bier. Für mich. Du hast ja noch ganz anderes auf dem Zettel".

„Was meinst du?" „Juliette, was ich meine? Du hast deiner Mutter bestimmt so einiges zu erklären, oder?" „Ja. Und ich hab' auch richtig Schiss. Meinst du die schlägt mich?" „So ein Quatsch. Bist du jemals geschlagen worden?" „Ein paar mal schon".

Die Antwort erstaunte Jürgen. Irgendwie aber auch nicht. Es gab mehr als eine Situation wo er sie am liebsten „an die Wand geklatscht hätte". Hatte es aber nicht. Allerdings war Rosalie ihr doch viel öfter ausgesetzt. Und Juliette verstand es vom Feinsten einen zur Weissglut zu bringen. „Dann hast du es wahrscheinlich auch verdient". Was sollte er sonst sagen. „Ja" antworte Juliette zu seiner Verwunderung.

Jürgen stellte den Motor ab, nachdem er den Volvo vor dem Apartmentblock geparkt hatte. „Dann nimm deine Tasche, wir gehen mal hoch". Juliette schnappte sich ihr Gepäck aus dem Kofferraum, warf mit Schmackes die Heckklappe zu. Nach ein paar Schritten nahm Jürgen sie an die Hand. „Wird schon, ich bin ja bei dir".

Juliette klopfte an die Tür, nachdem Jürgen ihr gezeigt hatte welches der Eingang zum Apartment sei. Erich öffnete. „Da seid ihr ja. Gottseidank. Alles glatt gegangen?" „Sicher. Würden wir sonst hier stehen?"

Juliette lief direkt zu Rosalie, in ihre Arme. „Mama ...".

„Bin ich froh, dass du hier bist. Dann kommt erst einmal an. Alles andere später. Morgen. Heute nicht mehr. Ihr seid sicher geschafft" schloss Rosalie ihre Tochter in den Arm.

In Richtung Küche gehend, zielstrebig auf den Kühlschrank zu, fragte Jürgen im vorbeigehen Erich „Hast du eingekauft? Bier?" „Jo Mann, im Kühlschrank. Greif' zu".

Mit einem nicht zu überhörenden Geräusch ploppte die Bügelflasche „Grolsch" auf. Kleine Schaumbläschen perlten den eiskalten Flaschenhals entlang. Auf einen grossen Schluck folgte ein tiefes, langanhaltendes Rülpsen. Erich hob anerkennend den Daumen nach oben. „Das kam ganz von unten".

Während Jürgen die Flasche auf dem Küchentisch abstellte korrigierte er ihn. „Ja, aus dem Erdgeschoss, wenn nicht sogar aus dem Keller". Erich wusste was gemeint war, seine Tochter Lotta brachte es mit ihrer Kindesweisheit auf den Punkt. „Ne, das warst du, das war ein fetter Rülpser. Das macht man nicht".

„De Zwin"

In einem ruhigen Moment nahm Rosalie Jürgen beiseite. „Und was war? Erzähl' mal". Aus seiner Jacke, die er irgendwo hingepfeffert hatte, zog er aus der Innentasche die zusammengetackerten Papiere, die ihm Frau Schnibbelskirchen im Jugendamt ausgehändigt hatte, reichte sie ihr an. „Hier steht alles drin – nehm' ich mal an". „Wie? Nimmst du an?". „Ja, nehm' ich mal an. Ich weiss es nicht". „Du hast das nicht gelesen?" „Ne. Wozu auch? Das ist dann mehr deine Abteilung".

Rosalie sah Jürgen an, er gab ihr einen Kuss auf die Stirn. „Aber lies das später, auch morgen. Lass' für heute alles gut sein. Ich glaub' Juliette ist erst einmal genug bestraft. Das war ein strammes Programm heute". Rosalie verstaute die Papiere in ihrer Handtasche. „Du hast Recht. Hauptsache sie ist hier. Und vor allem – Danke, dass du sie abgeholt hast".

Alle trafen sich dann in der Küche, wo sich die „restliche Belegschaft" schon versammelt hatte. Erich wuselte zwischen Kühlschrank und Anrichte hin und her, machte einen „Zwischenstopp" bei Lotta, legte seinen Arm liebevoll um sie. „Heute kocht der Papa". Aufblickend, fragend zu Louis schauend, ergänzte er „Frikadellen, oder?"

Nach dem gemeinsamen Abendessen verkrümelte sich Juliette wieder in das Kinderzimmer, das sie sich jetzt mit Louis aufteilte, anders ging es eben nicht. Die anfängliche Planung – mit getrennten Zimmern – hatte sie mit ihrer Entscheidung „gegen einen gemeinsamen Urlaub" quasi selbst über den Haufen geworfen. Sei's drum.

Erich setzte sich mit den beiden „Kleinen" vor die Glotze, schauten sich irgendein Disney-Video an. Rosalie hatte beschlossen bei einem Strandspaziergang unseren Tag aufzuarbeiten, um zu erzählen was ein jeder „erlebt" hatte. Das kam Jürgen nicht nur gelegen, weil er so ein wenig Zeit bekam, die nur die beiden miteinander verbringen konnten. Auch um sich die Beine zu vertreten, auf den Horizont zu blicken, er hatte mehr oder minder 12 Stunden sitzend – im Auto – verbracht. Von ein paar kleinen Raucherpausen angesehen.

Händchenhaltend liefen die beiden durch den feinen Sand Richtung „Het Zwin", eine sehr grosse Lagune mit Dünen, Salzwiesen und Salinen, die sich entlang der Küste erstreckte. „Dass du aber gar nicht nachgelesen hast was in den Unterlagen steht. Vielleicht ist ja was Wichtiges" drückte Rosalie Jürgens Hand.

Er hatte ihr ja schon zuvor gesagt, dass es ihm eigentlich gar nicht so wichtig war, was das Jugendamt notiert hatte. Was sollte auch weltenbewegendes passiert sein? Juliette und ihre Freunde hatten „Party gemacht", sicherlich auch gesoffen und gegröhlt – was man halt so macht, wenn die Eltern aus dem Haus sind. „Sie hat doch nicht Schlimmes gemacht, auf jeden Fall – für mein Empfinden nichts wofür man sie einsperren musste. Und wenn die bekloppte Claudia nicht die Bullen angerufen hätte, wäre wahrscheinlich gar nichts gewesen". „Wie Claudia? Woher weißt du das denn? Ich denke du hast nichts gelesen?" „Habe ich auch nicht. Die blöde Else hatte doch nichts Besseres zu tun als mir das direkt aufs Butterbrot zu schmieren. Als ich auf Juliette gewartet habe, während sie ein paar Klamotten zuhause eingepackt hat". „Das hat sie dir gesagt?" „Ja, das hat sie".

Sie setzten sich in den Sand an einer kleinen Landzunge, nicht weit entfernt war ein Strandpavillion, „De Zeemeeuw". Mit einer Hand zeigte Jürgen auf das gegenüberliegende Ufer, eigentlich auch eine kleine Sandbank. „Schau', da drüben ist schon Belgien. Eigentlich gehört der ganze „Zwin" zu Belgien, nur das Zipfelchen hier ist Holland". Rosalie hatte aber nicht wirklich den Kopf für sein Gesagtes. „Aber ich kann doch jetzt nicht so tun als wenn nichts gewesen wäre. Ich muss doch was unternehmen. Wer weiss was sonst als nächstes kommt".

Jürgen legte seinen Arm um ihre Schulter. „Klar, du kannst ihr ja den Kopf waschen, brauchst ihn ihr aber nicht gleich abreissen. Wir waren doch mal in dem Alter". Rosalie sah ihn an, sagte aber nichts. „Bei dir ist das noch nicht mal so lange her".

„Aber du lässt mich jetzt nicht allein mit der Entscheidung, oder? Du stehst doch zu mir?" „Also bitte. Rosalie, warum bin ich wohl den ganzen Tag im Auto gesessen?"

Um sie ein wenig aus ihren Gedanken heraus zu reissen erzählte er von seinem Tag, von der Autofahrt, von dem was in seinem Kopf abgelaufen war.

„Kannst du dich noch an unser erstes Mal erinnern? Am Rhein?" Rosalie lächelte ihn an. „Darüber hast du nachgedacht? Daran hast du dich erinnert?" Sie gab ihm einen Kuss auf die Wange. „Eigentlich war es ja nicht nur unser erstes Mal. Auch das zweite und dritte Mal. Wir sind doch die ganze Nacht dort am Rhein geblieben. Weißt du nicht mehr?" Jürgen zog sie an der Schulter an seine Brust heran. „Doch. Du hast mich ausgewählt. Du warst es, die mich wollte. Du hast mich gefügig gemacht". „Ja. Ist klar. Du wolltest eigentlich gar nicht. Willst du mir das jetzt verklickern?" Grinsend neckte er sie. „Ja. Ich war doch so schüchtern". Rosalie lachte. „Ja, extrem schüchtern".

Ein Wort ergab das nächste, gegenseitig förderten sie ihre Erinnerung mehr und mehr zu Tage. Eigentlich zu Nacht, denn es war schon spät, recht dunkel mittlerweile. Eng umschlungen sahen sie auf das Meer, den weit entfernten Horizont. „Ich bin froh, dass es so mit uns gekommen ist. Aber auch traurig, dass wir uns jetzt so auseinandergelebt haben". Rosalie küsste ihn auf den Hals. „Das haben wir beide verkackt. Aber so ist es jetzt nun mal".

Aus ihrer kleinen Umhängetasche, mehr so ein selbstgestricktes Täschen, zog Rosalie einen bereits fertig gedrehten Joint hervor, zündete ihn an, reichte ihn Jürgen nach ein paar Zügen an. „Wie es wohl wäre, wenn wir keine Kinder hätten? Was glaubst du?"

Nachdem Jürgen einen tiefen Zug an der Tüte genommen hatte, den Rauch in den Himmel ausgeatmet hatte, setzte er an. „Was soll ich glauben? Du hattest doch bereits ein Kind als wir uns kennengelernt haben. Und unser Sohn ist ja wohl absolut gewollt, gewünscht – eine Bekundung unserer Liebe, oder etwa nicht?" Er schaute sie an, drängte auf eine Antwort, eine Reaktion. „Oder etwa nicht?"

✶✶✶✶✶

In seinem Kopf war nicht nur die Geburt selbst hängengeblieben. Die Stunden und Tage, die er im Krankenhaus verbracht hatte um bei Rosalie zu sein – bis dann endlich ein neues Leben das Licht der Welt erblickte. Auch an den „Zeugungsprozess selbst" meinte er sich noch genau zu erinnern. Es war der dreissigste Geburtstag von Rosalie. Nach einem absolut ausgelassenen Abend im Kreis unserer Freunde schliefen wir miteinander. Nachdem uns alle verlassen hatten. Leicht angetüdelt und ziemlich hemmungslos. Auf dem Fussboden des Wohnzimmers. Ich war Feuer und Flamme, extrem scharf auf sie.

Rosalie trug an diesem Abend eine Schnürkorsage als Oberteil. Sicherlich nicht mit dem Gedanken - nicht dem expliziten Gedanken - mich scharf zu machen, sondern um sich anlässlich ihres „Ehrentags" besonders hübsch zu machen. Für sich selbst, aber auch für ihre Gäste.

Ich stand total auf den Anblick ihres etwas „gequetschen" Oberkörpers in dem Teil, insbesondere wie ihre Brüste stramm hochgeschnürt waren. Da war es für mich absolut nachvollziehbar, warum in der Epoche als das in Mode war, das Laster seine Hochzeit hatte. Was hätten die Grafen und Marquises seinerzeit auch anders machen sollen als geil hinter den Weibern her zu sein. Und genau so erging es mir auch. Ich wollte sie. Wollte sie „auspacken". Rosalie war sozusagen mein persönliches Geburtstagsgeschenk, das es galt aus dem Geschenkpapier zu befreien.

Sie umfassend, während sie auf mir sass, entschnürte ich die Korsage auf ihrem Rücken, presste mein Gesicht an ihre fest verzurrten Brüste, bis sie dann endlich völlig entblösst greifbar waren. Rosalie übersäte mich mit Küssen, hatte meine Hose geöffnet, spielte zärtlich mit meinem Pimmel, der – so erschien es mir jedenfalls – kurz vor dem Platzen war, als sie ihren Unterleib darüberstülpte. Ich stand in Flammen, innerlich und äusserlich. Im wahrsten Sinne des Wortes.

Um uns herum, im ganzen Zimmer waren Teelichter aufgebaut, die zuvor für eine „nette Stimmung" anlässlich des Geburtstages sorgten. Jetzt aber erwies sich das als fatal – für mich. Denn ich hatte in meiner Geilheit, meiner Ekstase nicht mitbekommen, dass mein geöffnetes Hemd sich an einer der kleinen Kerzen entzündet hatte. Erst als Rosalie mich laut anschrie - nicht vor Ekstase – entsetzt. „Du brennst", was ich aber nicht direkt zu deuten wusste – „Ja, für dich".

Rosalie gab mir eine Ohrfeige. „Du brennst. Deine Klamotten brennen". Sie stand schnell von mir auf, riss mein Hemd von meinem Oberkörper und warf es auf den Boden. „Mach' was. Mach' was".

*****

„Weißt du das noch? Weißt du das auch noch?" wollte Jürgen von Rosalie wissen und versuchte zu erklären, dass in dieser Nacht – jedenfalls in seiner Wahrnehmung - ihr Sohn „entstanden" war. „Ja, ich erinnere mich. Jetzt, wo du es erzählst. Aber ob das die Nacht war als wir Louis zeugten kann ich nicht wirklich sagen. Zeitlich zumindest könnte es passen".

„Lass' uns lieber mal langsam zurückgehen. Wie spät mag es überhaupt sein?" Eng umschlungen liefen sie den „Duinweg" Richtung Apartment zurück.

„Bummeln, Genießen, Entspannen"

Die Kinder schliefen. Erich hatte sie zu Bett gebracht. Zusammen mit Juliette sass er im Wohnzimmer, schaute mit ihr „MTV Europe". Auf dem Couchtisch standen Bierflaschen. „Hast du auch Bier getrunken?" fragte Rosalie sofort Juliette. Erich gab die Antwort. „Ja, eines. Das ist doch okay". Er schaute hoch. Zu Jürgen. „Das weißt du doch selbst. Gemeinsam schmeckt ein Bier direkt doppelt so gut. Und eins ist ja wohl kein Ding. Ausserdem bin ich ja dabei. Immer noch besser als dass sie sich in irgendeiner Kneipe die Kante gibt, oder etwa nicht?"

Auf dem Weg in die Küche fragte Jürgen Rosalie „Möchtest du auch ein Bier?" Sie nickte. „Ja, bitte". „Und du, Erich?" rief er ins Wohnzimmer. „Jupp, Bierchen geht immer". Rosalies Stimme war zu hören. „Juliette, du aber nicht mehr". Ein ganz kurzer Versuch von Juliette mit „Ach Mama" wurde aber direkt von ihr im Keim erstickt. „Denk' nicht mal dran".

Die Flaschenverschlüsse ploppten auf, mit lauten Klirren stiessen die Flaschen aneinander. Rosalie forderte Juliette auf „Für dich ist es jetzt an der Zeit auch schlafen zu gehen. Morgen ist auch noch ein Tag". Sie trank einen Schluck. „Besonders für dich".

Irgendwie hatte ich den Eindruck, dass es ihr, Rosalie, doch ein wenig Vergnügen bereitete Juliette ein wenig Angst, zumindest ein schlechtes Gewissen zu machen. „Musste das jetzt sein?"

Jetzt erst hatte Jürgen Musse und Gelegenheit auch Erich seinen Tag zu schildern. Also nicht das was in seinem Kopf abgelaufen war, das ging ihn ja nicht wirklich etwas an. Aber der ganze Schwachsinn beim Jugendamt. Von dieser Frau Schnibbelskirchen, ihrer verstockten Art zu reden, ihm einen schlimmen Fehler der „Erziehungsberechtigten" zu suggerieren. Und und und. Auch dass sie eigentlich Frau

Wermelskirchen hiess. Erich lachte. „So wie ich dich kenne hast du garantiert mit Schnibbelskirchen angeredet, oder?"

Auch Erich schätzte Juliettes Situation nicht als so „dramatisch" ein. „Wenn die wüsste was wir alles gemacht haben als Teenager. Und aus uns ist doch auch was geworden, oder?" Er sah zu Rosalie, grinste. „Selbst aus dir". Hob seine Flasche. „Prost. Auf uns. Auf unsere Kinder".

Gut gelaunt hatten sich alle nach und nach in der Küche zum Frühstück eingefunden. „Was machen wir denn heute Mama?" wollte Louis wissen. „Zum Meer" stellte Lotta erwartend fest. „Ja dann. Ihr habt es gehört. Und Juliette kennt ja noch gar nichts von der Umgebung" kam von Erich. Die Entscheidung war getroffen. So einfach konnte es sein.

Lediglich das Ziel war noch nicht klar, Jürgen schlug einen Ausflug nach „Breskens" vor. Das war nicht allzu weit entfernt, bot aber so einiges zu erleben. Zumindest laut den Broschüren, die er schon Tage vor unserer Abreise studiert hatte.

Es waren nicht einmal zwanzig Kilometer zu fahren, immer am Meer entlang. Eine kleine Strasse, bezeichnender Weise namens „Zeeweg" führte über Kruishoofd und Nieuwesluis bis nach Breskens hinein. Da wir jetzt aber zu sechst waren mussten wir mit beiden Autos fahren. Juliette bat direkt bei Erich mitfahren zu können. Klar, sie wollte sich so lange als möglich vor der „amtlichen Ansprache" ihrer Mutter, die sie ja garantiert erwartete, drücken.

Rosalie hatte am frühen Morgen, noch im Bett sitzend, das Schreiben des Jugendamtes, so eine Art Protokoll, gelesen. Immer wieder mal unterbrach sie, liess die Papiere auf das Plumeau sinken. „Hör' dir das mal, die sind doch blöde, oder?" Rosalie las dann die entsprechenden Passagen vor. Sowas wie „Sie haben hier gar nichts zu bestimmen" oder „Warum verpisst ihr euch nicht einfach wieder" oder „Die Musik ist überhaupt nicht zu laut" – so habe Juliette oder ihre

Freunde gegenüber den Polizeibeamten versucht zu argumentieren – sie gar mit anderen „Nettigkeiten" beschimpft.

„Klar, das lassen die Bullen sich natürlich nicht von so kleinen Hoschis bieten" musste Jürgen leicht schmunzelnd bestätigen. „Aber ist doch klar, mir gegenüber kommt sie, Juliette, doch auch mit solchen Sprüchen wie *Du bist nicht mein Vater*, glaubst du so einen ähnlichen Sermon lässt sich einer von den Grünen sagen? Klar, dass die einfach die Party gesprengt haben und Juliette mitgenommen haben".

„Also so was habe ich aber nicht gemacht, das kannst du mir glauben" wollte Rosalie Jürgen weismachen. „Könnt' ich jetzt nicht sagen, dass wir nicht gefeiert haben. Aber wir waren wenigstens nicht so blöd uns erwischen zu lassen – oder dann auch noch die Fresse weit aufzureissen". Sie schaute ihn an. „Geschieht ihr eigentlich ganz recht. Mit ihrem losen Mundwerk". Ein wenig amüsierte Jürgen das schon. „Also eigentlich halb so wild, oder?" Rosalie hatte bereits weitergelesen. „Eigentlich nicht. Nur hier, das ..."

Sie hielt Jürgen ein Blatt zum Lesen hin. „Dass ich eine Anzeige bekomme - wegen Verletzung der elterlichen Aufsichtspflicht. Was auch immer das bedeuten soll". Jürgen schaute Rosalie an, grinste breit. „Dafür gehst du ins Gefängnis. Oder schlimmer noch. Vielleicht auspeitschen oder Einzelhaft bei Wasser und Brot – im schlimmsten Fall droht dir die Todesstrafe".

„Du Arschloch. Das ist nicht witzig. Du kannst ja locker deine Scheiss-Witze reissen. Du hast ja nichts zu befürchten".

In Breskens, einer kleinen Stadt - mit einem seit mehreren hundert Jahren aktiv genutztem Hafen an der Mündung der Westerschelde ging es beschaulich, aber nicht langweilig zu. Beim Bummel entlang des Hafens konnte man den Fischern „über die Schulter schauen", zusehen wie der frische Fang aus den Bäuchen der Schiffe entladen wurde. Gerade für Louis und Lotta war das ein spannendes Spektakel. „Da kommen die Fischstäbchen her" flachste Erich.

Der Hafenbereich war gesäumt von zahlreichen Fisch-Restaurants, Bars und Cafés. Man hatte Blick über den Strand, vorbei an dem schwarz-weiss gestreiften, achteckigen Leuchtturm und dem regen Schiffsverkehr der Westerschelde bis zum gegenüberliegenden Vlissingen. Der kilometerlange und breite Sandstrand lud förmlich zu einem Spaziergang ein. „Geht ihr mal vor, ich möchte mal mit Juliette reden. So unter Frauen" erklärte Rosalie, dass sie ein paar Schritte hinter uns blieben.

Die beiden „Kleinen" hatten sich bereits Schuhe und Strümpfe ausgezogen, sie den jeweiligen Vätern in die Hände gedrückt, tobten völlig sorglos der Wasserlinie am Strand entlang, immer wieder vor der leichten Brandung auf den feinen Sand „flüchtend". Erich schubste Jürgen leicht mit dem Ellenbogen. „Die sind doch cool drauf, oder? Das war eine gute Idee, dass du uns eingeladen hast". „Ja, aber es war eher Rosalies Idee. Sie wollte dich unbedingt dabeihaben. Eigentlich war das ja alles ganz anders gedacht. Ganz anders".

Erich drehte sich um, sah zurück zu Rosalie und Juliette. „Die kriegen das schon hin. Wir, Jungs sind da schon schlimmer, meinste nicht?" Dem musste Jürgen zustimmen. „Wir waren das bestimmt. Auf jeden Fall". Erich lachte kurz. „Waren? Jetzt nicht mehr?" Dann hielt er meinen Arm. „Habt ihr gestern Abend wenigtens mal richtig gefickt? Als ihr weg wart?"

Die Antwort blieb Jürgen ihm schuldig. „Ich habe auch schon mit Juliette geredet. Gestern Abend. Ich glaube die hat das echt begriffen, dass sie das verkackt hat". Ein wenig erzählte er ihm dann von der Sorge unserer Nachbarin Claudia. „Die hat mir irgendwas von Vergewaltigung und so vorschwafelt". Erich schaute mit grossen Augen. „Von Juliette?" „Ja, dass sie wohl laut geschrieen haben soll und so".

„Ach komm'. Kannst du dich nicht an deine erste Fickerei erinnern? Da haste doch bestimmt auch selbst geschrien, oder? Wenn du das nicht kennst - wenn dir einer voll abgeht. In einer Frau drin". Sein Gesicht verzog sich zu einem breiten Grinsen. „Ich jedenfalls schon. Und meine erste Freundin auch". Auch darauf gab ich keine Antwort. Ich sprach nicht über mein Sexualleben. Nicht mit „Unbeteiligten".

Jürgen fiel ein, dass sie, also Rosalie und er es gar versäumt hatten Juliette bei einer eigentlich geeigneten Gelegenheit über den Geschlechtsakt aufzuklären.

*****

Wir waren zusammen im Urlaub, im Oldenburger Land bei einem Freund, der dort als Hotelmanager arbeitete. Er hatte uns als Familie in einer Suite seines Hotels untergebracht. Zwei grosse Doppelbetten nebeneinander. In einem schliefen Louis und Juliette, sie war zu der Zeit so irgendwas um die elf bis dreizehn Jahre alt, in dem anderen schliefen Rosalie und ich. In einer Nacht hatten wir nach einigen Cocktails an der Hotelbar ungeniert Sex, neben den schlafenden Kindern. So zumindest dachten wir es uns. Also dass die Kinder schliefen. Wenn wir uns überhaupt irgendwas dachten. Ausser unserer Triebhaftigkeit nachzugehen.

Bei Louis war das auch so, er schlief. Juliette war aber anscheinend durch die Bettbewegungen oder durch unser Gestöhne wach geworden. Machte aber nicht auf sich aufmerksam, sondern sah uns in aller Ruhe – und sicherlich auch sehr interessiert zu. Als Rosalie Juliettes Interesse - uns mit aufgerissen Augen zusehend - irgendwann auch bemerkte quittierte sie das nur mit „Was glotzt du so, Alte?" Sicherlich eine völlig abstruse „Erfahrung" für Juliette – auf der Schwelle zur Pubertät - mit anzusehen wie ihre Mutter angetrunken und hemmungslos fickte. Wenn sie es denn zu der Zeit überhaupt einordnen konnte was da vor ihren Augen passierte.

*****

Rosalie und Juliette hatten wieder aufgeschlossen. Hielten sich im Arm und sahen sehr glücklich und gelöst aus. „Alles klar bei euch? Alles geklärt?" Jürgen nahm beide in den Arm. Rosalie nickte, Juliette liess ein leises „Ja, ich glaub' schon" vernehmen.

„Der Stachel"

Erich regte an irgendwo zu Mittag zu essen. Sein Vorschlag „Irgendwas mit Pommes" fand nicht nur bei den Kindern sofort Anklang.

Mittlerweile waren sie am Strand entlanglaufend fast am „Veerhaven" von Breskens angekommen. Von hier aus setzte nicht nur die Fähre nach Vlissingen über, auch ein reichhaltiges Angebot an Strandlokalen rings um das „Mahnmal Atlantikwall" war vorhanden. Nachdem sie sich für eines der Lokale entschieden hatten konnte Jürgen es sich nicht nehmen lassen etwas zum angelesenen Geschichtswissen zu erzählen. Auch wenn es so richtig niemand interessierte.

„Im 2. Weltkrieg sollten über 8.000 Bunker, Kasematten, Geschützstellungen und Wehrgänge des mehr als 2.500 Kilometer langen "Atlantikwall" die von der deutschen Wehrmacht besetzten Gebiete Frankreichs, Belgiens, der Niederlande und Skandinaviens gegen die Invasion der Alliierten schützen".

Aber wie schnell von ihm bemerkt wollte eigentlich keiner wissen womit er zu Glänzen versuchte. Erich hatte sich direkt in die Speisenkarte vertieft. Und das war auch nicht verwunderlich. Wenn es um Essen und Trinken geht, hat Zeeland alles zu bieten – eine Fundgrube für einheimische Produkte. Von Miesmuscheln oder Garnelen über frische Austern und Hummer aus der Oosterschelde, das Angebot war überaus verlockend. Für die „Kleinen" war das nicht so das kulinarische Higlight, aber einen Kinderteller, so was wie „Spaghetti Bolo" gibt es in jedem Restaurant. Gottseidank - Der Weltfrieden war gesichert. Und die Stärkung war für Louis und Lotta auch genau richtig. Ihnen hatte der ausgedehnte Spaziergang auf dem Strand - mit ihren kleinen Körpern sicherlich mehr abverlangt als den „Grösseren".

„Na ihr Mäuse, was wollt ihr denn gleich gerne machen?" gab Rosalie die benötigte Aufmerksamkeit. „Spielplatz" war die kurze und knappe Antwort von Lotta. Louis stimmte ein. „Ja, Spielplatz. Können wir auf einen Spielplatz?" „Natürlich ihr Süssen" entschied Rosalie – für alle anderen direkt mit.

Bei der Bedienung erkundigte Jürgen sich nach einem solchen Spielplatz, ob es so was überhaupt gab hier in Breskens. „Ich schicke Ihnen mal meine Kollegin, die hat auch Kinder, die weiss da viel besser Bescheid" wusste sich der Kellner aus der Verantwortung zu ziehen.

Eine jüngere, typische Holländerin - gross gewachsen, mit blonden Haaren – kam an den Tisch. „Hier in Breskens direkt nicht. Aber bei Kruishoofd, im Naturschutzgebiet Groese Polder, direkt am Zwarte Gat gibt es einen riesigen Spielplatz. Den kann ich nur empfehlen". Abschliessend fragte Jürgen noch nach dem Weg, ob der Spielplatz leicht zu finden sei. „Ja, ganz einfach". Die Strasse parallel zum Meer zurück, zwischen Nieuwesluis und Kruishoofd seien die „Waterdunen" bereits ausgeschildert. Dort auf den Parkplatz – „schon sind Sie da".

„Also dann Mäuse. Jacken anziehen. Los geht's" forderte Rosalie Louis und Lotta auf. Jürgen sah zu Juliette. „Also los Maus. Auf geht's". Sie grinste leicht. „Naja. Maus. Kleine Ratte meinst du wohl eher, oder?" Galant half er ihr in ihre Jeansjacke. „Ne, du wirst ja immer meine kleine Maus bleiben. Irgendwie".

Juliette hakte sich bei Jürgen unter. „Kann ich bei dir, kann ich bei euch mitfahren?" Rosalie sah zu Juliette herüber. Ihr Gesicht erhellte sich zu einem strahlenden Lächeln. „Logisch. Da gehörst du ja auch hin. Zu uns".

„Ne Mann. Echt nicht."

Der angepriesene Spielplatz war deutlich mehr als das. Es war eine Abenteuer-Spielwiese, inmitten eines grossen Naturschutzgebietes. Die „Groese Polders" bestand aus einer Ansammlung mehrerer kleiner Polder, durchzogen vom „Zwarte Gatsche Kreek", ein größerer Bach, an dessen Ufern seeländische Fauna und Flora zu erkunden und zu erleben war. Ein wahres Paradies, nicht nur für Lotta und Louis. Eine aufregende, abenteuerliche und extrem kinderfreundliche Anlage, die allerlei zu bieten hatte.

Erich und Jürgen wurden auch schlagartig zu Kindern, die die Natur entdecken wollten. Schleppfloß, Hängebrücken und mehrere Holzdeckswege oder aus zusammengebunden Baumstämme arrangierte Balancestege. Selbst ein Streichelzoo mit Kaninchen, Hühner und sogar Schafen fehlte nicht. Lotta und Louis waren selig. Und für die Eltern gab es, um sich die „Wartezeit" zu verkürzen, ein kleines Restaurant. Gegessen hatten sie ja vor kurzem erst, aber ein Tässchen Kaffee und dazu frische „Appeltaart" ging locker noch rein. Das geht in Holland immer – Kopje Koffie en Appeltaart.

Während die „Kleinen" über den Polder tollten, sich richtig ausleben konnten, sich von Erich auf dem Schleppfloss über das Wasser ziehen liessen, dabei immer unter der Aufsicht von Rosalie waren, suchte Jürgensich mit Juliette ein lauschiges Plätzchen, auf einer Bank etwas abseits. „Krieg' ich jetzt von dir auch noch Ansage?" sah sie ihn fragend an. „Dann habe ich ja alle durch" schmunzelte sie dabei leicht. „Ne, ich glaub' du hast genug gehört. Und die wichtigste und eigentlich auch nur gültige ist die deiner Mutter. Ich hab' dir ja sowieso nichts zu sagen, oder?"

„Ach Mann, so sind halt Teenies. Du weißt, dass ich das gesagt habe als ich sauer war". „Ich weiss". Jürgen schaute Juliette eindringlich an. „Ich möchte nur eines von dir wissen. Das mit Claudia, eurer netten Nachbarin, habe ich dir erzählt. Aber sie hat auch was gefaselt von Vergewaltigung und Geschreie von dir. Ist da was dran?" Juliettes Augen weiteten sich. „Was? Was für 'ne Vergewaltigung?" „Das frage ich dich ja gerade. War da was mit Sex? Du weißt was ich meine, oder? Schläfst du schon mit Jungs?" Fest blickte er sie an. „Oder Mädchen?"

Juliette setzte sich aufrecht. „Glaubst du ich bin 'ne Lesbe?" Jürgen nahm ihre Hand. „Ich glaub' gar nichts, ich frage dich etwas. War da was? Hattet ihr, hattest du Sex? Mit einem oder gar mehreren? Verhütest du überhaupt schon?" Juliette erötete. „Ne Mann. Ne. Echt nicht. Wie kommst du auf so eine Scheisse?"

Einen Arm legte er um ihre Schulter. „Du bist doch schon eine richtige junge Frau, siehst gut aus, da wird der ein oder andere aus deinem Freundeskreis doch bestimmt mal versuchen dich anzugraben, oder?" „Ne Mann. Und noch mal, da war nix. Okay, rumknutschen schon, aber sonst nichts. Wirlich nicht". Juliette stand auf, zog Jürgen an der Hand von der Bank hoch. „Lass' uns zu den anderen gehen. Und …. Bitte … Erzähle Mama nichts davon. Was ich gerade gesagt habe … dass ich mit Jungs rumknutsche".

Die Dämmerung hatte bereits eingesetzt als sie das Freiluftgehege verliessen. Bis nach Hause, bis zum Apartment waren es nicht einmal mehr zehn Minuten Autofahrt. Louis begann aber dennoch schon fast „einzunicken" in seinem Kindersitz. Juliette, die neben ihm sass, las ihm aus einem Buch etwas vor.

Es gab nur noch eine schnelle Portion Corn-Flakes für die „Kleinen", danach waren sie bereit für's Bett – und schliefen auch ruckzuck geschafft und glücklich ein. Ein schöner Tag.

Erich machte sich ein Bierchen auf. „Das haben wir uns echt verdient, oder?" Anprostend stimmte Jürgen zu. „Aber haargenau. Jetzt noch 'ne Tüte, dann ist das perfekt". Sie rauchten auf dem Balkon, Juliette musste die Rauchschwaden ja nicht unbedingt einatmen.

Dass wir Dope rauchten wusste sie, aber deswegen musste sie ja nicht zwingend „passiv mitkiffen".

JAN VAN RENESSE

„Ein Fluch?"

Rosalie war auf den Balkon gekommen. Sie kiffte nicht – oder nur äusserst selten. Wirklich äusserst selten. Das bekam ihr irgendwie nicht, ihre Augen tränten dann, sie bekam Probleme mit ihren Kontaktlinsen. Ein anderer Nebeneffekt, den Jürgen persönlich aber als ganz angenehm empfand, war der Umstand, dass sie dann „Bock auf Sex" hatte. Gelegentlich hatten sie das Kiffen als Stimulanz eingesetzt. Jürgen schaute zu Rosalie. Sie mit Brille zu sehen löste in ihm ein wenig seine Pornophantasie aus, wo eine „strenge Lehrerin" zu einem wilden Luder „mutierte". So wie gestern Abend am Strand, nachdem sie den schon vorbereiteten Joint geraucht hatten. Und wie in den Pornos, zumindest denen, die Jürgen kannte, wollte er auch dass sie ihm zuerst einen bläst – oder seinen Schwanz zwischen ihre Titten nahm, bis kurz vor dem Abspritzen. Erst dann wollte er in sie eindringen.

„Machen wir noch einen Spaziergang? Etwas ans Meer? Die Kinder schlafen tief und fest". Rosalie hatte sich an seine Schulter gelehnt. „Nur wir beide?" antwortete Jürgen kurz. Rosalie drehte sich um, Richtung Wohnzimmer und sprach in Richtung Juliette. „Wenn du hier bleibst gehen wir noch mal für 'ne Stunde raus. Also wir Erwachsenen, ist das okay?"

Juliette nickte. „Ja Mama, geht ruhig, ich pass' schon auf". Erich sah zu mir. „Wollt' ihr nicht …?" „Ne, wollen wir nicht" entgegnete Rosalie. „Reden. Ja. Aber das was du denkst nicht. Du kommst mit, bitte. Dafür bist du auch mitgekommen. Nicht nur Urlaub machen". Sie schmunzelte Jürgen an. „Oder? Wollten wir nicht was an unserer Beziehung, für unsere Beziehung tun?"

Sie gingen heute in die andere Richtung, nicht wie gestern Richtung Belgien, sondern zum „Verdronken Zwarte Polder", ein vor mehreren Hundert Jahren dem Meer abgewonnener und eingedeichter Polder, den sich die Nordsee in einer großen Sturmflut Anfang des 19. Jahrhundert aber wieder zurückgeholt hatte. „Na, dann erzählt mal wo es klemmt bei euch. Das was ich jetzt die letzten Tage mitbekommen habe sieht doch so gar nicht nach Problemen aus. Zumindest nicht nach Problemen zwischen euch beiden. Ihr wirkt doch wie eine Einheit auf mich". „Das ist wohl auch so" begann Rosalie. „Das was Jürgen für uns, für unsere Familie getan hat war absolute Klasse. So einen Mann wünsche ich mir. Immer. Aber es ist eben auch anders gewesen". Erich zog Jürgen am Arm. „Du hörst dir das jetzt an. Alles. Und dann bist du dran. Okay?"

Rosalie erklärte, dass sie Jürgens fehlende Aufmerksamkeit beklage, dass er sehr uninteressiert und oberflächlich geworden war. Nicht richtig zuhörte, nur seine Interessen in den Vordergrund stellte, sich zu wenig um Haushalt und Kinder kümmerte, in jedem Fall als sie noch wirklich zusammenlebten, in einer Wohnung. Für danach konnte das natürlich keine Gültigkeit haben versuchte Jürgen einzuwenden. „Du hältst die Klappe" ermahnte Erich.

Kurzum, dass Jürgen Rosalie nicht mehr schätzte und respektierte. Dass sie seine „echte Liebe" vermisste, diese anscheinend einer Routine und Gewohnheit gewichen war. „Und das allerschlimmste, insbesondere seit wir nicht mehr zusammenleben, ist der Umstand, dass du mich wie eine Nutte behandelst. Jedes Mal, wenn ich komme geht es nur um Sex. Um nichts anderes".

Jetzt musste Jürgen einhaken, Erichs „Ermahnung" hin oder her. „Ist das bei dir anders? Das mit dem Sex?" „Ja, ganz sicher sogar. Ich mach' das mit, lass' das über mich ergehen, damit wir wenigstens noch einen kleinen Ansatz haben um irgendwie ins Gespräch zu kommen. Nicht mal über uns, über die Kinder, über deinen Sohn". „Sekunde mal. Nicht deinen Sohn, unseren Sohn". „Okay, unseren Sohn".

„Sei mal ehrlich, es ist doch wie in deinen Pornofilmen, die du dir immer wieder mal reinziehst. Blasen, Tittenfick – am liebsten würdest du mir wahrscheinlich noch ins Gesicht spritzen wollen. Das hat nichts, aber auch gar nichts mit Liebe … mit Erotik zu tun. Nicht einmal mit Sex. Da geht es doch nur um Frauenerniedrigung, Machtbeherrschung. Hauptsache dir geht einer ab". Rosalie hatte sich in Rage geredet, begann zu weinen. „Du bist ein richtiges Arschloch, ein richtiges Chauvi-Schwein geworden".

Sie schluchzte, lehnte sich jetzt an Jürgens Schulter. „Warum bist du nicht wie die letzten Tage? So warst du, so habe ich dich lieben gelernt". Erich sah Jürgen an. „Eigentlich hättest du ja echt was auf die Fresse verdient". „Ja, hat er. Aber so richtig" stimmte Rosalie zu, wischte sich mit dem Handrücken die Tränen von den Wangen.

Jürgen fühlte sich Hundeelend. Im Prinzip hatte er ja gerade richtig in die Fresse bekommen, nur eben nicht körperlich, nicht physisch. Auch ihm kamen die Tränen. Erich trat ein wenig zur Seite. „Ihr braucht mich jetzt nicht mehr. Ich geh' zurück. Ratschläge geben kann ich sowieso keine, ihr wisst ja selbst alles. Ihr müsst das in den Griff bekommen". Er machte eine kurze Pause. „Müsst ihr natürlich nicht – nur wenn euch noch was aneinander liegt. Aber da geh' ich schwer von aus". Erich liess sie am Polder stehen.

„Wollen wir … wollen wir weiterreden?" Wieso fiel Jürgen jetzt gerade nichts Besseres ein? Einfach nur „Entschuldigung" war eh nicht die Lösung, das – grösstenteils sein Problem - sass deutlich tiefer. Nur wo genau erschloss sich ihm in der jetzigen Situation nicht. Dass er Rosalie wie eine Nutte behandelte stimmte vollkommen, das hatte er schnell durch, ganz so blöde war er nicht. Nur warum das so war eben nicht. „Was soll ich denn tun? Was soll ich ändern?" Rosalie nahm seine Hand. „Ich hab' dir noch nie gesagt was du tun sollst, was du ändern sollst. Das muss aus dir heraus passieren. Du musst es selber wollen. Sonst wird das sowieso nichts".

Rosalie drückte seine Hand. „Willst du noch ein Stück mit mir gehen? Und damit meine ich jetzt nicht hier am Strand entlang. In meinem Leben, in unserem Leben?" Jürgen drückte einfach nur ihre Hand, zu antworten war ihm nicht möglich.

„Du bleibst hier"

In die dunkle Nacht starrend wünschte Jürgen sich eine Antwort herbei. Aber so sehr er auch starrte und wünschte, es kam nichts. Absolut nichts. Und dieses „Nichts", seine Wortlosigkeit förderte nur noch mehr dazu, dass Rosalie ihm mehr und mehr Vorhaltungen machte, die er alle ohne Widerspruch über sich ergehen liess, ergehen lassen musste.

Seine „Null Reaktion" brachte sie in Wut, sie schrie ihn an, weinte, beschimpfte ihn, schlug auf ihn ein. Abwechselnd, in wahlloser Reihenfolge. Bis sie einfach nur auf die Knie sank. „Sag' doch einfach was. Irgendwas. Zeig' irgendeine Scheiss Reaktion. Bist du ein Betonklotz oder was?"

„Ich weiss es doch selbst nicht. Ich kann nur versuchen das alles zu ändern. Ich will dich nicht verlieren, ich will meine Familie nicht verlieren". „Dann reicht ein Versuchen nicht aus, du musst es wollen, du musst es mir zeigen. Mir beweisen". Jürgen zog Rosalie aus dem „schlickigen" Boden empor. „Steh' auf. Bitte".

Im Apartment war alles ruhig und dunkel, alle schliefen bereits. Rosalie war noch ins Badezimmer gegangen. „Was machst du da?" fragte sie mich erstaunt beim Betreten des Schlafzimmers. „Ich packe schon mal ein paar Sachen. Das war dann wohl auch das Ende unseres Urlaubs, oder?"

„Du bist so ein blöder Idiot. Das ist doch typisch. Anstatt anzufangen was zu lernen bist du einfach nur bockig. Kinder hab' ich schon. Ich brauch' einen Mann, einen Partner. Raffst du das? Hörst du was ich sage? Nimmst du mich wahr?"

Rosalie kam ich auf ihn zu, legte die wenigen Kleidungsstücke, die er bereits in eine Tasche verstaut hatte wieder heraus. „Was geht eigentlich in deinem Kopf vor sich? Bist du noch ganz gescheit? Du haust nicht einfach ab. Du bleibst hier. Bei mir. Bei uns. So wie du es jetzt auch die letzten Tage getan hast. Glaubst du ernsthaft so sieht eine Lösung aus?". Sie fasste sein Gesicht, küsste ihn auf die Stirn. „So wie die letzten Tage, so will ich dich, so habe ich dich immer gewollt".

„Volvo und so"

Sie hatten sich ins Bett gelegt. „Magst du reden? Mit mir? Oder willst du jetzt einfach schlafen?" Rosalie hatte sich leicht zu Jürgen gedreht. Seine fragend formulierte, aber auch bewusst provozierende Antwort „Mit dir?" brachte sie direkt auf die Palme. „Du bist doch nicht ganz dicht, oder? Glaubst du ernsthaft da läuft jetzt irgendwas zwischen uns?"

Sie redeten. Jürgen redete. Sie unterhielten sich. Stundenlang. Bis in die frühen Morgenstunden. Versuchten zu ergründen warum es immer zu „Diskrepanzen" in ihrer Beziehung kam. Sie keine konstante Linie finden konnten. Sich immer wieder annäherten, aber auch genau so oft voneinander entfernten. Wenn es „gut lief", dann auch richtig gut. Und eben umgekehrt – wenn es „schlecht lief", dann auch richtig schlecht.

$$*****$$

Gerade erst vor einigen Wochen hatte ich mseine Internet-Agentur aufgelöst, zu sehr belastete mich die Selbstständigkeit. Sicherlich mit den Vorzügen „sein eigener Herr" zu sein, aber auch mit den immer wiederkehrenden Unwägbarkeiten, die sicherlich jeder Selbstständige durchlebt. Sorge um Aufträge, ausbleibende Kundenzahlungen, und und und.

Nach langen Überlegungen und Abwägungen beschloss ich das Unternehmen zu verkaufen. Mit allem drum und dran, Kundenstamm, Einnahmen, Equipment. Fand auch nach mehreren Fehlversuchen einen Geschäftspartner, der seinen blumigen Versprechungen auch Taten folgen liess.

Beim ersten Besuch in den Räumlichkeiten der Agentur, die sich auch mit „Communication and Marketing" befasste, fiel mir direkt der an einer Wand aufgeklebte Slogan auf. „Wir sagen was wir tun – und wir tun was wir sagen".

Das gefiel mir auf Anhieb. Und so war auch die gesamte Prozedur, die der Aufsichtsratvorsitzende dieser Aktiengesellschaft mir unterbreitete. Eine beachtliche Einmalzahlung – und einen Arbeitsvertrag über zwei Jahre, mit einem ebenso beachtlichen Monatsgehalt. Diese Zeit sollte genutzt werden um alle meine bisherigen Kunden in die AG zu integrieren und eine weitere, reibungslose Auftragsabwicklung zu gewährleisten.

Eine grosse Last war von mir abgefallen. Die auch dazu geführt hatte das meine, unsere Beziehung arg gelitten hatte. Nicht nur dass unendlich viel Zeit in meine Firma geflossen war, ich quasi nur „zu Gast" zuhause war. Und das auch nur körperlich, mein Kopf war immer mit dem Unternehmen – und seinem Fortbestand beschäftigt. Zwangsläufig litt das „Private".

Mein Umgangston mit Rosalie und den Kindern war harsch, eigentlich permanent gestresst, von finanziellen Sorgen und Nöten geplagt. An richtiges Abschalten war nicht zu denken. Mehr und mehr entfernte ich mich von meiner Familie. Mehr noch, liess meine Unzufriedenheit an ihnen aus. Leider kam mir erst viel zu spät die Erkenntnis dessen. Dass es meist diejenigen abbekommen, die einem am nächsten stehen.

Selbst in der doch arg begrenzten Zeit klappte ich mein Notebook bei jeder Scheiss Gelegenheit auf, statt mich am Leben „meiner Lieben" zu beteiligen. Aber das sollte, musste sich ändern.

Und der Verkauf „meines Ballasts" brachte auch die zwingend nötige Wende. Ich ging morgens ins Büro, hatte eine feste, geregelte Arbeitszeit – inklusive freier Wochenenden, eine fest einzukalkulierende Summe Geld zur Verfügung. All das schlug sich überaus positiv auf mein familiäres und soziales Wohlbefinden nieder.

„Ja, das war eine anstrengende Zeit. Auch für mich, für die Kinder. Für uns alle. Das kann ich dir sagen" unterbrach Rosalie meinen Redefluss, meine Rückblende. „Aber das war immer – nein nicht immer, aber oft das Materielle, der schnöde Mammon der bei uns zu Problemen geführt hat. Ich weiss sehr wohl, dass du immer nur Gutes für uns, für deine Familie mit dem Geld tun wolltest. Aber du hast dabei eben einfach deine Familie vergessen. Nur an die Scheiss Kohle gedacht. Dabei weißt du doch, dass ich anders bin. Erst der Mensch, dann das Geld".

"Aber ich wollte doch nur ...". Rosalie unterbrach erneut. „Ich weiss, aber genau das habe ich gerade gesagt. Du sollst uns glücklich machen, du als Mensch. Mit deinem Wesen, deinem Charakter, das geht auch ohne Geld".

*****

Sie hatte Recht. Und dann auch noch die beängstigende Zeit im Weltgeschehen. Alles war angespannt. Es war um „Nine Eleven" herum. Der Anschlag auf das World Trade Center in New York hatte die Welt aufgerüttelt. Man sprach eigentlich von kaum etwas anderem. Von der Sorge was kommen würde, wie sich das auf „unsere Welt" auswirken würde. Würde es Krieg geben? Wie würde Amerika reagieren?

Theorien gab es genug. So genannte Vergeltungsmassnahmen auch. Und Elend in der Welt sowieso. Das war ja nie so genau einzuschätzen was Amerika im Schilde führte. Und was hätte der Rest der Welt tun können? Amerika – das waren die Herren der Welt. Deren „Free World" sowieso unter anderem auf der Ausrottung, der Unterdrückung der Rothäute und Schwarzen basierte.

Zufälligerweise – gibt es das überhaupt? Nein, das wusste ich. Zufälle gibt es nicht. Auf jeden Fall bot sich mir die

Gelegenheit ein Auto zu kaufen, einen Volvo 760 Kombi, der jetzt unten vor dem Apartmentkomplex auf dem Parkplatz stand. Endlich wieder mobil – wie viel mir das seinerzeit bedeutete war nicht in Worte zu kleiden.

„Wenn du den nicht gekauft hättest wäre vieles andere auch nicht passiert". Wie recht Rosalie damit hatte. Und eben auch ein klarer Beleg dafür, dass es „bestimmt" war. Dass ich den Volvo kaufen sollte, musste. Dass durch den Kauf andere Dinge in Bewegung gekommen waren, die sonst wahrscheinlich nicht eingetreten wären. So schienen die Zahnräder des Karmas ineinander zu greifen, anders war das nicht zu erklären. Für Rosalie sowieso. Sie glaubte mehr an diesen Mikrokosmos-Kram, an höhere Macht und all so was.

$$*****$$

Es war um die Ferienzeit, Osterferien standen an. Rosalie erzählte, dass sie gerne einen Teil ihrer Familie besuchen wolle. In Frankreich. Im Burgund. Ihr Onkel, also der Bruder ihres Vaters, hatte sie eingeladen. Nicht nur sie, natürlich auch die Kinder. „Und ich möchte auch deinen Freund kennenlernen" hatte er ihr wohl gesagt. „Dein Vater hat viel von ihm erzählt. Bring' ihn mit".

„Wir könnten doch mit dem Auto fahren, das ist doch gross genug – und so wahnsinnig weit ist das ja auch nicht". Rosalie hatte anscheinend schon einen Plan gefasst. „Und mit dem Zug ist das auch ganz schön aufwändig – und auch teuer". Mir gefiel der Vorschlag. „Okay, dann nehm' ich Urlaub".

Das war einfach, hatte ich doch reichlich Möglichkeiten und Freiräume in der „neuen" Agentur. Nicht mehr so ganz neu, eine ganze Weile war ich jetzt schon dort – und es lief gut. Für alle Beteiligten. Diethelm, so hiess mein Chef, der Aufsichtsrat, hatte seine Entscheidung nicht bereut. Im Gegenteil – er war sehr zufrieden mit dem eingefädelten Deal, auch in Hinsicht auf die Bilanz der Aktiengesellschaft.

„Und wir könnten doch auch zügig durchfahren. Wir wechseln uns einfach ab" machte Rosalie mir die Fahrtstrecke etwas schmackhafter. Sie hatte über den Winter auch den Führerschein gemacht – und schnell „Spass am Autofahren" bekommen. Um das noch zu unterstützen hatte ich bei ebay einen günstigen Wagen, ebenfalls einen Volvo, ein Modell 240, „ersteigert". Auch der stand jetzt unten auf dem Parkplatz. Damit waren Erich und Lotta gekommen. Mit Rosalies Auto.

Kurioserweise war das aber so ein Ding, so ein schnöder Mammon, mit dem man sie doch irgendwie glücklich machen konnte. Ausnahmen bestätigen die Regel.

*****

Vom vielen Reden hatte ich Durst, einen trockenen Mund bekommen. „Möchtest du etwas trinken? Ich hol' mir ein Bier in der Küche. Du auch?"

„Ja gerne. Aber dann lass' uns doch direkt in die Küche gehen. Oder ins Wohnzimmer. Oder auf den Balkon. Dann können wir auch eine Zigarette rauchen. Aber sei leise, es ist mitten in der Nacht. Die anderen schlafen ja".

*****

Aus dem Kühlschrank entnahm Jürgen eine Flasche Grolsch. „Magst du mir ein Glas einfüllen, einen kleinen Schluck Bier. Keine ganze Flasche". Rosalie hatte ihn am Arm gefasst während er das Bier aus dem Kühschrank nahm. Setzte sich ins Wohnzimmer. Sie prosteten sich zu, Rosalie mit einem Glas, Jürgen mit der Flasche. Die aber, weil er ja etwas „abgezweigt" hatte für sie, sehr schnell leergetrunken war. Er ging nochmals in die Küche, holte Nachschub.

Rosalie ging gerade auf den Balkon, zündete die Zigarette an, reichte sie ihm. „Ne, danke, ich dreh' mir grad selber eine". Rosalie hielt ihm die glimmende Zigarette erneut hin. „Hier. Das ist ein Joint. Ein kleiner nur". Erstaunt sah Jürgen sie an. „Jetzt?" Er schaute um die Ecke, durch die geöffnete Balkontür ins Wohnzimmer. Zur Uhr. „Es ist gleich fünf Uhr. Wir müssen bald aufstehen. Willst du da echt kiffen?"

„Ja. Und wir müssen auch gleich nicht aufstehen, wir sind ja noch wach. Dazu müssten wir ja wohl erst einmal schlafen, oder?"

Nachdem Jürgen zwei Züge an dem Joint genommen hatte gab er ihn an Rosalie zurück, die sich hastig den Rest einsog. „Lass' uns wieder reingehen, zurück ins Bett". Sie zog ihn an der Hand vom Balkon. „Schlaf' mit mir. Aber nicht so ein Schnellfick. Erobere mich, zeig mir wie sehr du mich liebst, wie sehr du mich begehrst. Als Frau. Als deine Frau".

„Das meinst du nicht ernst jetzt, oder? Weil du jetzt gekifft hast?" „Nein. Ich hab' auch extra einen Joint geraucht. Weil ich das möchte. Versuch' ganz zärtlich zu mir zu sein. Zeig' mir wie du bist. So wie du auch mit mir reden kannst. Es ist schön, wenn du offen mit mir redest. Zeig' mir, dass du mich willst".

„Perle von Flandern"

Der Wecker klingelte. Geschlafen hatten beide nicht. Vielleicht ein wenig „gedöst", schlafen konnte man das nicht nennen. Zumindest galt das für Jürgen. „Maximale Augenpflege" nannte man das. „Puh, das war eine anstrengende Nacht". Jürgen gab Rosalie einen Kuss auf die Wange. „Ja. Aber auch sehr schön".

Zuerst erschien Erich auch in der Küche. Begrüsste Rosalie. „Du siehst so richtig frisch gefickt aus. Simmt's?" Verlegen nahm Rosalie Jürgen in den Arm, drückte sich an seinem Körper. „Ja. Stimmt". Dann trudelten die Kinder nach und nach ein. Der Kaffee lief bereits in der Maschine, Rosalie hatte schon Marmeladen, Corn-Flakes und anderes auf dem Tisch postiert. Erich hakte nach. „Und ihr beiden? Habt ihr euch ausgesprochen? Hat es was gebracht? Oder seid ihr immer noch Pflegefälle?" Erich grinste, schaute erst zu Jürgen, dann zu Rosalie. „Also so wie es ausschaut geht es wieder bei euch. Mit euch. Oder irre ich?"

Beim Fühstück hatten alle besprochen einen „Kombitag" zu planen. Etwas für die Kinder, etwas für die Erwachsenen. Die Wahl fiel auf einen Kurztrip nach Brügge. Von Cadzand-Bad aus waren das gut 25 Kilometer, also mehr oder minder „um die Ecke". Und für Jürgen wäre das mehr als ein Kurztrip. Nach Brügge - nicht nur dass die Stadt in seinem „Vaterland" lag, sondern auch noch dazu eigentlich die Perle von Flandern, wenn nicht sogar ganz Belgiens war. Und noch eines kam Jürgen in den Sinn – dass er sich irgendwie in einer nostalgischen Welt bewegte. Immer wieder mit Erlebnissen aus seiner Vergangenheit, aus früheren Zeiten konfrontiert sah. Sei es räumlich, anhand von zum Beispiel Städten, aber auch zwischenmenschlichen Ereignissen. Gerade jetzt wieder – unweigerlich musste er an seine Zeit mit einer Ex in Brügge zurückdenken.

Ruckartig stand er von seinem Stuhl auf, ging zu Louis, nahm ihn fest in den Arm, dann Juliette und dann auch Rosalie. „Ich liebe euch so sehr. Das könnt ihr euch gar nicht vorstellen". Rosalie sah ihn an. „Was hast du?" „Ich … Ich wollte es nur mal sagen, das mach' ich bestimmt viel zu selten. Ich hab' euch lieb. Euch alle drei". Dann ging er schnell ins Bad. Angeblich um sich schnell die Hände zu waschen. In Wirklichkeit aber um meine aufkommende Traurigkeit nicht sehen zu lassen.

Von Cadzand aus über die N376, Jürgen mit Rosalie und den Kindern in einem Wagen fuhren voraus, Erich folgte mit Lotta im zweiten Auto. Überquerten auf der Zelzatebrug den Leopoldkanaal, um dann wenig später parallel zum Boudewijnkanaal von Norden kommend Brügge zu erreichen. Ein wenig kannte Jürgen sich noch aus hier in Brügge, musste sich aber dennoch in einer Touristinformation, die unweit eines Parkplatzes, den sie schnell in der Nähe des „Belfort" gefunden hatten, mit einigen Broschüren versorgen.

Sie waren im Herzen der Stadt, des historischen Zentrums, dem so genannten „Sint-Anna Quartier" – umringt vom „Kanaal Brugge-Gent" - mit all seinen Sehenswürdigkeiten. „Der Belgier sagt uns dann jetzt was wir hier machen, ist ja wohl klar" befand Erich während Jürgen noch in den Broschüren blätterte.

Mit ausschliesslich Erwachsenen wäre das gar nicht so schwierig ein Tagesprogramm zusammen zu stellen, jetzt aber musste auch bedacht werden, dass sie mit Kindern unterwegs waren. Die zum einen bei Weiten nicht so gut zu Fuss waren wie Erwachsene, mit langen Beinen. Zum anderen natürlich auch ganz andere Interessen, andere Vorstellungen von einem „gelungenem Tag" hatten. Exzessives Sightseeing fiel also von vornherein flach. Nix mit Stadtführung – und wenn überhaupt, dann nur in abgespeckter Form.

Schnell machte Jürgen ein paar Vorschläge, zählte seine bisherige Auswahl auf. „Was haltet ihr denn von einer Kutschfahrt, einer Bootsfahrt, Schokoladengeschäfte besuchen, durch die Gassen spazieren, Friet Museum besuchen …" Er sah zu Louis und Lotta „… und natürlich Spielplatz". Was bei den beiden hängen geblieben war äusserten sie sehr schnell. „Schokolade. Und Spielplatz". Juliette stimmte ebenfalls zu. „Spielplatz nicht unbedingt, aber Schokolade gerne. Jederzeit".

„Okay, aber wir bleiben zusammen, ihr lauft nirgendwo hin. Verstanden?" Der Tagesausflug begann. Lotta an der Hand ihres Vaters, Juliette hatte Louis an die Hand genommen, ein wenig dahinter, ein oder zwei Schritte lief Jürgen mit Rosalie, ebenfalls Händchen haltend. Für die Kinderwünsche, also Schokolade und Spielplatz war es wohl noch etwas früh, insbesondere für Schokolade. Also erst einmal in Richtung Gracht, um vom Wasser aus die Stadt betrachten zu können.

„Okay Kinder, zuerst eine kleine Bootsfahrt?" Begeisterung sah anders aus, das erkannte Jürgen. Dennoch hielt er an dem, seinem Vorschlag fest. Mit Hilfe des Stadtplans führte er die händchenhaltende Gruppe zum „Huidenvettersplaats", dort war ein Bootsanleger. Beim Besteigen des Boots machte der „Kapitän" mit seinem Hinweis „Bitte einsteigen, aber Achtung - Kopf einziehen! Die Brücken sind niedriger, als man denkt!" direkt aufmerksam. Das galt wohl eher für die Grossen denn für die Kinder, insbesondere für Louis und Lotta nicht.

In Brügge stehen die schönsten Herrenhäuser direkt am Wasser. Dadurch dass Brügge nie durch Kriege oder Brände zerstört wurde, ergab sich ein beeindruckender Blick auf einen nahezu perfekten mittelalterlichen Stadtkern. Nach einer knappen Stunde Fahrtzeit wurden die Kinder aber zusehends „Hibbeliger". Für sie waren es eben einfach nur Häuser, beziehungsweise deren Fassaden, die vorüberzogen. Also endete die Bootstour vorzeitig, am „Rozenhoedkaai" war Endstation. Erich half den Kindern beim Aussteigen.

„Was meint ihr? Bestimmt ist schon wieder etwas Platz im Bauch, oder? Wie wäre es mit belgischen Waffeln?" Mit dieser einfachen Frage - dieser Anregung - hatte er natürlich volle Punktzahl erreicht. „Ja. Waffeln" fand sein Vorschlag die Zustimmung aller.

Der Duft der frischen Waffeln schlug allen beim Betreten des Cafés, der Konditorei förmlich entgegen. Für die „Süssnasen" Louis und Lotta wurde es „Waffelsticks". Mit Schokalade und allerlei Perlen, eine Art Mini-Smarties überzogen. Erich und Juliette entschieden sie für „Lütticher Waffeln", mit einer unregelmäßigen und karamelisierten Kruste. Rosalie und Jürgen bestellten die luftigen, eckigen „Brüsseler Waffeln". Aus Hefeteig hergestellt.

Rosalie orderte Waffeln mit Erdbeeren, für Jürgen klassisch, also pur, ohne jeglichen Schnick-Schnack. Dazu natürlich „Kopje Koffie". Für die Kinder, als ob es noch nicht süss genug war, eine heisse Schokoklade dazu. „Das gibt der Zahnarzt seiner Familie" scherzte Erich.

Vollgefressen und mit einem anständigen Zuckerschock ging es weiter. „Unbedingt ein paar Schritte gehen" entschied Rosalie. Sichtlich aufgeputscht durch den Zucker sprangen die Kinder jetzt auf dem Kopfsteinplaster hin und her. Rosalie nannte das „Schau' mal wie sehr die sich freuen" während sie Jürgens Hand drückte. Er sah sie an. „Und du? Geht es dir gut? Bist du gar nicht müde?" Bei ihm war die „Schwächelphase etwas dem Zuckerspiegel durch die Waffeln gewichen.

„Ja, alles gut. Und .... Es war eine schöne Nacht. Nicht nur unsere Unterhaltung. Du warst so zärtlich zu mir. Hat mich überall geküsst". Sie gab Jürgen einen Kuss auf die Wange. „Aber du warst nicht mal in mir, so hatte ich das mit dem Schnellfick nun wirklich nicht gemeint. Dass du gar nicht ...". „Hat es dir gefallen? Auch ohne ...?" „Ja".

*****

Nachdem ich mit Hingabe ihre Brüste liebkost hatte, Rosalie stand total darauf, hatte ich mit meiner Zunge ihre Klitoris stimuliert, dabei meine Finger in beide Öffnungen ihres Unterleibs gesteckt. Auch das mochte sie.

So ganz hatte sich das mir nie erschlossen warum sie es „schön" fand, dass ich meine Finger auch in ihren After steckte, meinen Schwanz aber nicht einführen durfte. Bei einer Gelegenheit, als ich das praktizieren wollte, sagte sie lediglich „Du bist falsch, das ist mein Arschloch". Mehr nicht. Ich hatte es seitdem auch nie mehr „versucht". Es war tabu.

*****

Während des Schlenderns durch die kleinen Gassen passierte eine der vielen Pferdekutschen, die hier verkehrten. „Können wir auch mit einer Kutsche fahren?" Juliette war mit Louis im Schlepptau zu Jürgen gekommen. „Sicher, Auf jeden Fall" entschied er spontan. Sehr zur Freude der Kinder. Wenn schon eine Kutschfahrt, dann nirgendwo anders als hier. Ist Brügge mit seinen mittelalterlichen Fassaden, Kopfsteinpflaster und Brücken doch die perfekte Kulisse für dieses kleine Abenteuer – nicht nur für Kinder.

Unweit der „Basiliek van het Heilig Bloed", am Burgplatz standen bereits zahlreiche Pferdekutschen, die auf ihre Fahrgäste warteten. Der Kutscher wies aber darauf hin, dass es maximal fünf Sitzplätze pro Kutsche gebe. „Also entweder zwei Kutschen oder sie nehmen die Kleinen …" er zeigte auf Louis und Lotta „… auf den Schoss". Erich entschied unkompliziert für „auf den Schoss nehmen".

Während der Kutschfahrt, etwa fünfundvierzig Minuten dauerte die Rundfahrt – für etwa 60 Euro – erklärte der Kutscher was gerade zu sehen war oder woran die Kutsche vorbeifuhr. Am Wijngaardplein, in der Nähe des Beginenhofs, gab es eine planmässige Pause. „Die Pferde brauchen Pause. Und wenn Sie mögen können Sie sich auch ein wenig die Beine vertreten".

„Mama, dürfen wir auch die Pferde streicheln?" wollte Louis wissen, war schon fast auf dem Weg Richtung Pferdekopf. „Das müsst ihr den Kutscher fragen, vielleicht möchte er das nicht". Der hatte das aber mitbekommen, stieg von seinem Kutschbock herunter. „Aber vorsichtig. Und immer so …" Mit seiner Hand führte er Louis an das Pferd heran. „Am besten hier kraulen, nicht zu lange und nicht zu schnell" erklärte er den Kindern am Pferdehals zu streicheln. „Nicht am Kopf, das mögen Pferde nicht so sehr".

„Die haben so grosse Augen" stellte Juliette fest. Erich setzte an. „Und auch 'nen Riesen …". Unvermittelt versetzte Rosalie ihm einen Hieb mit dem Ellenbogen, sah in scharf an. „Wehe …" „Kopf. Einen Riesenkopf" vervollständigte Erich seinen Satz grinsend.

Was hätte Jürgen nicht alles zum Beginenhof erzählen können. Einiges an Erinnerungen war in ihm hochgekommen. Aber er liess es im Verborgenen, behielt es für sich. „So, die Fahrt geht dann weiter. Bitte alles einsteigen" bat der Kutschfahrer. Sein Gesicht war durch die Sonne und die Luft „gegerbt", sehr stark geprägt – fast schon lederartig.

Zurück am Burgplatz noch ein wenig die historische Altstadt rings um den „Grote Markt" erkunden. Hier kannte Jürgen sich sehr gut aus, fühlte sich irgendwie „zuhause". Juliette zog ihn an der Hand. „Können wir da mal reingehen? Mal schauen was es da so gibt?" Sie zeigte auf das grosse FNAC-Kaufhaus. Wurden Mädchen, also angehende Frauen, eigentlich mit diesem Shopping-Gen bereits geboren? Oder entwickelte sich das erst im Laufe der Jahre?

„Du weißt aber schon, dass es da mehr so Technikram gibt? Keine Klamotten" liess Jürgen sie wissen. „Dann lass' uns eher hier runter gehen, die „Steenstraat", da gibt es eher das was du suchst".

Wie es war mit einer Frau zum Shopping zu gehen war Jürgen hinlänglich bekannt. „Kommst du mit Mama?" sah Juliette zu Rosalie. „Wir warten dann hier auf euch". Jürgen zeigte auf die Kirche, Sint-Salvatorskathedraal, die von einem kleinen Park umgeben war. „Aber kauft jetzt nicht Brügge leer". Dennoch – oder vielleicht gerade deswegen - steckte er Rosalie – und auch Juliette – Bargeld zu. „Kauft euch was Nettes".

Louis und Lotta tobten im Park umher, spielten „Verstecken" und „Nachlaufen", hatten Spass daran nicht einfach nur blöd durch die Gegend, durch die Stadt zu laufen. Erich und Jürgen hatten es sich auf einer Parkbank bequem gemacht, rauchten und redeten. Aber immer „ein Auge" auf die Kinder werfend. „Das ist ja heute unser letzter Urlaubstag, morgen müssen wir zurück" erinnerte Erich daran, dass seine – und Lottas Zeit dem Ende entgegen ging. Er hatte seiner Freundin versprochen, dass sie auch etwas Ferienzeit mit ihrer Tochter verbringen kann. „Das ging fix, habe ich gar nicht so mitbekommen". „Ja, leider. Aber ist nun mal so. War aber super mit euch".

Wie lange sie im Park ausgeharrt hatten war schwer zu sagen, schon eine ganze Weile, aber dann erschienen die beiden Frauen. Beide mit Einkaufstaschen ausgestattet. Juliette strahlte, zog direkt ein Bekleidungsstück aus der Tragetasche hervor, hielt es sich vor den Oberkörper. Auch diese Form der Präsentation musste genetisch bedingt sein. Das machten alle Frauen – und erwarteten anscheinend automatisch, dass man sich so vorstellen könne, wie das angezogen ausah.

„Also ich finde das ganz schön knapp, ganz schön gewagt. Aber das habe ich dir ja schon in der Boutique gesagt". Rosalie sah Jürgen an. „Findest du nicht?" Bevor er irgendeine Bemerkung loswerden konnte erklärte Juliette „Das ist Bauchfrei, das ist jetzt in". Rosalie sah das etwas anders. „In, was heisst das schon. Das geht dir nur knapp über die Brust". Erich bemerkte „Ganz schön hot" worauf Rosalie nur antwortete „Wir sprechen uns in ein paar Jahren nochmal, wenn bei deiner Tochter die Titten zu sehen sind".

Juliette konnte das nicht beeindrucken. „Und? Wie findest du das? Danke für das Geld". Dann schaute sie Rosalie, ihre Mutter an. „Bei dir kann man auch oft genug die Titten sehen. Also was?"

Ein Schmunzeln konnte Jürgen sich nicht verkneifen. Juliette hatte Rosalie mit ihren eigenen Argumenten geschlagen. Oder was meinte sie damit, dass man Rosalies Titten oft genug sehen konnte? Wen meinte sie mit *Man*? Sich? „Ist doch auch hübsch anzusehen". „Das war klar, dass du das sagst". Rosalies Blick sagte alles. Sie schaute herüber zu Erich. „Bist du auch so?" „Jupp" kommentierte er kurz und knapp. „Abwarten, mein Lieber, abwarten" konterte Rosalie.

Louis und Lotta waren auch wieder zurück. „Kaufst du uns auch was Papa?" „Klar. Was denn?" Louis wuste ziemlich genau was es werden sollte. „Einen Comic. Und so'ne Figur". Es erstaunte Jürgen sehr, dass er sich das gemerkt hatte, dass wir auf dem Weg durch die Gassen den Comic-Laden bemerkt hatte. Das musste er von ihm „geerbt" haben, die Liebe zu Comics. War Jürgen doch diebezüglich genauso. Comics waren eine seiner Leidenschaften.

„Dann auf". Der Laden „De Striep" bot alles für Comicliebhaber, für kleine und große Kinder, ein überwältigender Comicladen. Neben kompletten Sammlungen, Spezialausgaben gab es auch reichlich Plakate oder Gadgets – und eben auch Figuren. Dabei war es für Louis nicht einmal so wichtig, dass die Comics entweder auf Niederlaändisch oder Französich waren – Hauptsache Comic.

„Und jetzt noch für Lotta bitte ins Schokoladen-Paradies. Und dann auch einen Spielplatz" empfing Erich uns, nachdem wir uns im Comic-Laden eingedeckt hatten. „Machen wir". Damit tat Jürgen sicherlich nicht nur Lotta einen Gefallen. Waren nicht alle „Naschkatzen"? Irgendwie. Jeder – oder jede auf seine Art.

Natürlich gab es in Brügge unzählige Schokoladenläden, aber wenn schon, dann musste es „Le Comptoir de Mathilde" werden. „Dürfen wir uns etwas aussuchen?" fragte Lotta. Ihre strahlenden Augen unterstrichen ihren Wunsch, konnten nicht fassen was sich in der Auslage vor ihr präsentierte. „Was immer ihr wollt. Bis ich Stopp sage". Ein ums andere Male zeigte sie auf „Leckereien", irgendwie das „Stopp" erwartend. Aber Erich liess sie einfach gewähren. Alle.

Blüten aus Schokolade, in heißer Milch versenkt, liebevoll dekorierte Törtchen, Macarons, Pralinen in allen Variationen, Cuberdons – mit flüssigem Gelee gefüllte Zuckerhütchen, und und und … Ein Schlaraffenland, ein Tagtraum für Naschkatzen. Mit vollen Backen und einer Tüte voller Süsskram in der Hand hüpften die Kleinen durch die Gassen. Schütteten sicherlich das gleiche Gewicht an Glückshormonen aus, dass sie auch gerade als Schokolade verputzten. Bis Rosalie dem Einhalt gebot. „Das reicht jetzt erst einmal. Den Rest für später, okay".

Rosalie ging jetzt wieder neben Jürgen, nahm seine Hand. „Weißt du denn wo ein Spielplatz ist? Du hast es ja versprochen. Und die müssen sich jetzt echt bewegen, sonst drehen die noch durch. Nach dem ganzen Zucker".

Jürgen wusste von einem grossen botanischen Garten, Spielplatz nicht expliziet. Woher auch? War er doch zuvor nie mit Kindern in Brügge. Kurzerhand fragte er eine Passantin, von der er meinte, dass sie Mutter sei. Sie sollte es doch wissen. „²*Ja hoor, in de Schaarstraat*" erklärte sie. Das war schnell im Stadtplan herausgesucht.

Zu Jürgens Erstaunen war das genau der Park, den er meinte. Prächtige Bäume, Teich mit Brunnen, ein schattiger Pavillion. Das wichtigste jedoch war der Spielplatz, der Hauptgrund des Parkbesuchs. Für die Kinder das absolute Highlight. Hier gab es alles – Rutschen, Klettergerüste, Schaukeln, einen riesigen Sandkasten – eine Mischung aus Wunderwelt und Wahnsinn.

Unter einem Baum hatte Jürgen sich ein schattiges Plätzchen gesucht, versuchte ein wenig „auszuruhen", die Augen zu schliessen. Mittlerweile merkte er schon anständig den Schlafmangel der letzten Nacht.

Irgendwann bemerkte er, dass jemand nach seinem Arm griff. Es war Rosalie. „Bist aber doch ganz schön fertig, nicht?" Schmunzelnd sah er sie an. „Ja, war eine anstrengende Nachtschicht". Rosalie grinste leicht. „Ach ja?". Sie gab ihm einen Kuss. „Dann ruh' dich aus. Ich fahr' dann nachher, dann bist du die Sorge schon mal los. Komm' einfach zu uns, wenn du ausgeruht bist. Die Kinder sind sowieso beschäftigt". Sie drückte sich leicht in die Hocke, sah nochmals zu ihm herunter, lächelte ihn an.

Noch ein wenig schlaftrunken ging Jürgen zu Rosalie und Erich zurück, die auf einer Bank sitzend sich unterhielten, immer die Kinder im Blick behaltend. Juliette war bei ihnen, schubste sie abwechselnd auf einer Schaukel an. „Wir sollten jetzt aber in nächster Zeit los, es wird bald dunkel. Und die beiden ..." Rosalie zeigte in den Sandkasten „... müssen auf jeden Fall in die Badewanne". „Und danach gehen wir Essen, ich lade euch alle ein" fügte Erich hinzu.

---

² Ja, in der Schaarstraat

JAN VAN RENESSE

Louis und Lotta vom Spielplatz loszueisen dauerte noch eine Weile, bedurfte intensiven Zureden durch Rosalie.

JAN VAN RENESSE

„Zeeuwse Babelaar"

Nachdem die Kinder gebadet waren, zweckmässigerweise auch beide gleichzeitig, machten sie sich auf den Weg. Zum Restaurant „De Zeemeeuw". Ein chilliges Restaurant, im Innenbereich, mit überdachter Terrasse, die über eine Treppe direkt auf den Strand führte und einen wunderschönen Blick bis zum Horizont bot. Um auf der Terrasse einen Platz zu suchen – dafür war es eindeutig zu windig. Die Bedienung schob kurzerhand drei der quadratischen Tische, die eigentlich – mit gutem Willen Platz für vier Personen boten, zusammen. Erst hatte sie nur zwei Tische arrangiert, Erich bat aber mit dem Hinweis „Wir wollen aber schon anständig und viel Essen" um eben einen weiteren.

Im hinteren Bereich des Innenraums war eine Sitzecke arrangiert. Ledersessel, mehrere Zweisitzer-Couchelemente, niedrige, grobschlächtige Holzklötze als Tische. In einer Ecke ein Kaminofen, der jetzt aber nicht entzündet war. Sehr rustikal, aber dennoch einladend.

Gleichzeitig mit den Speisenkarten brachte die Bedienung, eine junge Höllanderin - Davina, wie sich vorstellte – zwei Malbücher und eine grosse Holzdose mit Buntstiften. „[3]*Voor de kleintjes*". Sehr aufmerksam. Sehr kinderfreundlich.

Rosalie warf einen ersten Blick in die Speisenkarte. Erich bestellte Getränke. „Für uns Bier, oder? Und für dich, Juliette?" „Cola bitte". Rosalie blickte auf, fragend wandte sie sich an Louis und Lotta. „Spaghetti? Oder Chicken Nuggets?" Beide entschieden sich für Hühnchen. „Mit Pommes" gab ihr Lotta ihren Wunsch auf. Dann verschwanden sie auch direkt mit den Malutensilien in die „Lounge-Ecke".

---

[3] Für die Kleinen

Das erste Bier war schnell weggeatmet, Erich bestellte mit Handzeichen zwei weitere. Davina stellte die Biere auf dem Tisch ab. „[4]*Gezonheid heren*". Um direkt anschliessend zu erfragen ob wir bereits etwas aus der Karte gewählt hätten. Das war nicht der Fall. „Nein, erst mal was trinken".

Erichs Glas war beinahe leer. „Bitte nochmals zwei". Juliette sah ihn an. „Wollt' ihr euch jetzt vollsaufen?" Erich stellte sein Glas ab, nachdem er es komplett geleert hatte. „Ne, nur Durst. Du weißt doch – Durst ist schlimmer als Heimweh". Er grinste.

Wir bestellten uns einmal durch die Karte. Als Vorspeisen einen so genannten „Twijfelaar", einen gemischten Teller mit Kaaskroket, Garnelenkroket, gegrilltem Gemüse, mariniertem Lachs. Dazu Salat und Couscous. Und die obligatorischen Bitterballen. Dazu verschiedene Dips.

Zum zuvor gewählten Hauptgang baten wir die Kinder zu uns an den Tisch, besser gesagt an die aneinander geschobenen Tische.

Juliette hatte sich für „Broodje Hamburger" entschieden. Ein dicker, fetter Burger, dazu Pommes, Käse und wenig Salatbeilage. Rosalie bestellte „Rotbarschfilet mit Gemüse in Safransauce", Jürgens Wunsch stand schon lange fest. Bereits als er in der Speisenkarte gelesen hatte „Muscheln" war die Entscheidung gefallen. Erichs Wahl fiel auf „Spareribs mit Pellkartoffeln". Für Rosalie und Jürgen gab es „automatisch" Pommes als Beilage.

Wie er so in die hungrig spachtelnde Runde blickte musste er zurückdenken. An seine Ex. Wie sehr sie es liebte anständig zu futtern, sich die Mayonnaise von den Lippen leckend. Irgendwie war es ähnlich, nur jetzt war eine richtige Grossfamilie „Fressschwein" zu Gange.

---

[4] Prost, die Herren

„Was ist? Hast du keinen Hunger?" Erich hatte mit seiner Gabel leicht in Jürgens Handrücken gepiekst. „Hä? Was?" „Ja, du isst ja gar nichts". Das hatte er auch nicht, sondern gedankenverloren aufs Meer gestarrt. „Ne, ich hab' schon voll Hunger. Habe nur gerade über etwas nachgedacht". Rosalie sah Jürgen an. „Was ist denn? An was denkst du denn?"

„Ich …. Ach ich hab' nur gedacht wie schade es ist, dass Erich morgen zurückmuss". Jürgen war mehr als froh, dass Erich meine gesagten Worte sofort aufnahm und ein wenig die vergangenen Tage Revue passieren liess. Ohne es zu wissen hatte er Jürgen dadurch den Arsch gerettet. Obwohl er ja eigentlich der Arsch war. Was war das nur, dass er es verstand sich alles selbst kaputt zu machen? Kaputt machen wollte? Wieso nur konnte er mit einer Partnerschaft nicht zufrieden sein? Sie nicht zu schätzen wissen?

Unter dem Tisch griff Jürgen zu Rosalies Hand, sah sie an. „Ist bestimmt nicht der passende Moment, aber ich muss dir was sagen". Rosalie schaute mich an. In Erwartung wie denn wohl mein Satz weiter gehen würde. „Ich liebe dich. Und ich möchte noch ein Kind mit dir". War es Erstaunen? Oder was strahlten ihre Augen aus? „Das ist sehr lieb von dir. Aber doch bestimmt nicht jetzt" versuchte sie die Situation zu „entspannen". Aber es war Juliette, die darauf reagierte, in einer Form, die ich nicht erwartet hatte. „Was? Noch ein Kind?"

„Lasst uns essen und feiern" übernahm Erich das Gespräch. „Sowas bespricht man nicht am Esstisch". Wieder piekste er mit seiner Gabel in Jürgens Handrücken. Diesmal aber nicht wirklich vorsichtig, wohl mehr um ihn „wachzurütteln".

Zum Nachtisch gab es für alle Eis. In den verschiedensten Geschmacksrichtungen. Besonders das „Zeeuwse Babelaar IJs" war der Knaller. Als „Zeeuwse Babelaars", übersetzt so was wie „Labertaschen", bezeichnet man eine Masse aus Butter, Zucker, Glukosesirup, Essig und

Wasser, die erhitzt wurde und dann auf einer Granitplatte abkühlt. Der perfekte Zahnplombenzieher sozusagen.

Erich liess die Rechnung kommen, zahlte. „Die Malbücher dürfen die Kinder mitnehmen. Das ist ein Geschenk" erklärte Davina, unsere Bedienung noch. Ein verdammt kluger Marketingtrick, denn auf dem Einband, auf Vorder- und Rückseite war Werbung von allen möglichen Geschäften aus der Umgebung. „Nur die Stifte müssen hierbleiben" lächelte sie die „kleintjes" an.

„So Kinder, jetzt Zähne putzen, aber anständig, dann ab ins Bad". Erich hatte die Funktion des Kindereinweisers übernommen. Es brauchte auch heute keine „Gute-Nacht-Geschichte", die beiden waren einfach nur geschafft, schliefen ziemlich sofort ein. Eine gute Stunde später forderte Rosalie auch Juliette auf zu Bett zu gehen. „Der Rest des Abends gehört uns, den Erwachsenen".

Bei einem Joint und einem Bierchen schwadronierten Jürgen und Erich noch etwas, dann war es auch sich abzulegen. Rosalie und Erich blieben noch hocken. Erich stand kurz aus seinem Sessel auf, drückte mich. „Der junge Mann braucht Schlaf, was?" Schaute Jürgen an, dann Rosalie. „Dann hat sie es dir aber gestern noch anständig gegeben". Rosalie schmunzelte. „Gar nicht, eher andersherum". Mit einem Kuss verabschiedete Jürgen sich von Rosalie. „Gute Nacht". Machte eine Pause.

„Musste das jetzt sein? So ein Spruch?" Sie schmunzelte. „Ich möchte nicht wissen was ihr euch so erzählt. Wie ihr so untereinander redet. Und überhaupt – ich hab' doch gar nichts gesagt".

Im Türrahmen drehte Jürgen sich nochmals kurz zu den beiden um. „Dann könnt' ihr euch ja jetzt mal komplett über Intimes austauschen. Viel Spass dabei". Erich grinste. „Werden wir".

„Die Gurke"

Er hatte gut daran getan beizeiten schlafen zu gehen, hatte nicht einmal mehr mitbekommen wann Rosalie ins Bett gestiegen war. Absolut ausgeschlafen und ausgeruht, erholt kuschelte er smich an Rosalie heran. Sie war noch nicht richtig wach, zumindest nicht so wach wie er. Was sich aber änderte als er an ihrer Brust saugte. „Ooh nicht. Ich schlaf' noch". Sie presste seinen Kopf an ihre Brust. „Nicht. Nicht jetzt".

„Soll ich dir von meinem Traum erzählen?" wollte er wissen. Die Frage presste er an ihrer Brust vorbei. „Aber nur wenn das nix versautes ist". Es war eigentlich kein Traum, eher ein „Flashback".

Jürgen war von ihrer Brust nach oben gerutscht, legte seinen Kopf neben sie auf das Kopfkissen. „Wir waren im Auto unterwegs nach Nancy …" Rosalie sah ihn an. „Das ist kein Traum, das ist eine Geschichte. Das haben wir doch erlebt, weißt du das nicht mehr?" „Ja, eben. Das ist mir im Schlaf alles wieder eingefallen. Wie glücklich wir waren. Wie schön unsere Zeit war". Rosalie fasste sein Gesicht. „Du kommst mir aber jetzt nicht mit irgendwelchem sentimentalen Quatsch, oder doch? Und was sollte das gestern? Dass du ein weiteres Kind möchtest mit mir? Musste das sein? Vor allen? Vor allem vor Juliette? Sie fühlt sich doch sowieso schon ein wenig ausgegrenzt". „Hä? Wieso ausgegrenzt?" „Dir fällt das vielleicht gar nicht so auf, aber du bist anders zu ihr als zu Louis. Juliette spürt das".

Rosalie setzte sich aufrecht ins Bett. Für mich ist das anders, ich bin die Mutter von beiden. Louis ist vielleicht dein Sohn, aber Juliette gehört genauso zu uns. Zu uns beiden. Nur nimmst du das vielleicht anders wahr". „Wie genau? Was meinst du?" „Ja, du bist anders zu ihr. Kritischer, nörgeliger, ungerechter". „Ist das so?" „Ja, das ist so. Und was glaubst du wie sie reagiert, wenn sie jetzt noch ein Geschwisterchen vor die Nase gesetzt bekommt?" „Aber ich bin doch nicht gemein zu ihr oder so was?" „Das nicht, aber eben anders. Achte einfach mal drauf".

Rosalie stieg aus dem Bett. „Komm', lass uns aufstehen. Keine Probleme am frühen Morgen. Das gibt Magengeschwüre". Jürgen stand ebenfalls auf. Rosalie schaute ihn an, grinste. „Eigentlich schade, du hast so einen Riesen-Ständer". Kam einen Schritt auf ihn zu, griff Jürgen an den Pimmel. „Echt. Ganz schön dick das Teil". Schnell hielt er ihre Hand fest. „Nicht, ich muss pinkeln".

Sie sassen am Frühstückstisch. Frisch geduscht und bereit die Kinder zu empfangen. Vorerst ein letztes Mal, zumindest mit Lotta und Erich. Der aber kramte noch im Zimmer einiges an Klamotten zusammen. „Papa kommt gleich" erklärte Lotta, dass sie allein in die Küche gekommen war.

Gemeinsam begleiteten wir unsere „Gäste" noch bis zum Parkplatz. „Fahr' vorsichtig. Und ruf' kurz an, wenn ihr angekommen seid, ja?" Rosalie knuddelte Lotta noch einmal. „Tschüss, du süsse Maus. Wir sehen uns ja bald wieder. Zuhause". Lotta winkte uns noch eine ganze Weile aus dem Auto heraus zu, dann waren sie ausser Sichtweite. „So Familie, und was machen wir heute? Schon was vor?"

„Können wir ans Meer fahren?" fragte Juliette. „Wie? Ans Meer? Wir sind doch am Meer". Sie habe in einer der Broschüren was von Oostende gelesen. Ob wir nicht dahin könnten? „Da soll echt was los sein". Womit sie natürlich nicht unrecht hatte. In Oostende war wirklich was los. Das konnte Jürgen nur bestätigen. Zumal es auch gar keine weite Anreise war, schlappe fünfzig Kilometer. „Dann lass' uns Badesachen und alles einpacken, dann können wir auch schwimmen gehen".

Zuerst aber wollte Juliette ihre Sachen in ihr jetzt freigewordenes Zimmer räumen. Sie kam zu uns, Handtuch unter dem Arm, trug ihr neu gekauftes „Bauchfrei" Oberteil. „So willst du rausgehen" fragte Rosalie erstaunt. „Willst du dir nicht mal was anderes anziehen?" Jürgen nahm Rosalie beiseite. „Lass' sie. Was ist daran grossartig anders, wenn sie am Strand einen Bikini trägt?" Juliette hatte das mitbekommen. „Ja, genau. Und ausserdem habe ich meinen Bikini schon angezogen". Sie zog das Oberteil über ihre Brüste nach oben. „Juliette" rief Rosalie. „Ja was denn?" Dann lachte sie. „Hast du echt gedacht ich zeig' euch jetzt meine Brüste?"

Auf dem Weg zum Parkplatz kam Rosalie dann zu Jürgen. „Dass du anders zu ihr, zu Juliette sein sollst bedeutet jetzt aber nicht, dass du ihr alles durchgehen lässt. Sie ist immer noch ein Kind, wenn auch Teenie, aber Kind trotzdem. Sie muss ja nicht unbedingt ihre Titten so zur Schau stellen".

„Warte mal kurz" bat er Rosalie, warf Juliette den Autoschlüssel zu. „Schliess schon mal auf, setzt euch schon mal rein. Wir kommen sofort".

„Sag' mal. Ich habe mit Juliette über die Geschichte mit Jungs gesprochen. Du weißt schon, den Scheiss den Claudia da von sich gegeben hat. Magst du mal mit Juliette über Jungs und so reden?" „Wie und so? Was meinst du genau?" „Ja was wohl? Über Verhütung. Über Kondome. Sie verhütet doch noch nicht? Weder Pille noch sonst was, oder doch?" Rosalie schüttelte den Kopf, sagte nichts, sah Jürgen nur an. „Ich kann ihr ja wohl kaum zeigen wie man ein Kondom über den Pimmel streift, das ist ja wohl deine Abteilung. Den Pimmel hast ja wohl du".

Die Strecke ähnelte der nach Brügge, nur diesmal oberhalb von Brügge auf die N9, um nach Oostende zu gelangen. An der „Koninginnelaan" gab es Parkplätze, dann schnurgerade runter zum Strand. Rechts lag das grosse Casino, das sicherlich ein jeder kennt, der schon einmal in Oostende war.

Schnell hatte Rosalie Decken und Handtücher ausgebreitet, Juliette und Louis waren bereits auf dem Weg Richtung Wasser. Rosalie sah mich an. „Geh' du mal mit, einer von uns beiden muss ja bei unseren Wertsachen bleiben. Und die Kinder allein ins Meer - geht auch nicht. Also".

Alleine Jürgens fragenden Blick – ohne Worte – wusste sie zu beantworten. „Ich muss mich erst umziehen, meinen Bikini anziehen". „Ja, ich auch". Rosalie lachte. „Das würde ich gerne sehen. Du im Bikini. Ne, mach' mal. Du brauchst dir doch nur die Badehose anziehen".

Ausgelassen tollte Jürgen mit den Kindern im Meerwasser umher, schaufelten sich gegenseitig Wasser ins Gesicht. Lachten und kabbelten sich. Louis war immer schon eine Wasserratte, wenn er erstmal im Wasser war wollte er nur schwer wieder heraus. Erst als seine Lippen eine leicht bläuliche Farbe bekamen musste Jürgen darauf bestehen eine Pause einzulegen. „Geh' du doch schon raus, zu deiner Mutter, ich glaube sie wollte mit dir reden" forderte ich Juliette auf. „Was Schlimmes?" „Wie kommst du darauf?" „Na, weil du sagst deine Mutter. Sonst sagst du doch die Mama". „Nein, überhaupt nicht, das habe ich nur so gesagt". Als ich Juliette ansah, bemerkte wie sich ihre Nippel leicht durch den Bikini abzeichneten, dachte Jürgen „Wird echt Zeit mit ihr zu reden, sie wird echt zur Frau".

Rosalie war mittlerweile auch umgezogen, räkelte sich im Bikini neben Juliette auf der Decke. Mit einem der Handtücher rubbelte Jürgen Louis trocken, wärmte ihn gleichzeitig ein wenig auf.

In Sichtweite war eine Strandbar. „Können wir uns ein Eis holen?" fragte Juliette. Aus dem Portemonnaie zog Jürgen einen 10 Euro Schein, gab ihn Juliette. „Geh' mit, Juliette nimmt dich an die Hand" forderte Rosalie Louis auf.

„Magst du mir mal den Rücken mit Sonnencreme einreiben?" bat sie ihn, zog aus einer Tasche ein ganzes Sortiment an Cremes und Lotions hervor. Alle denkbaren Lichtschutzfaktoren waren dabei. Von zwanzig bis hin zu fünfzig – für die Kinder. Legte sich auf den Bauch, öffnete den Metallverschluss des Bikini-Oberteils. In einer breiten Wurst presste Jürgen die Creme auf ihren Rücken und verteilte alles. Nachdem Rosalie den Bügel des BH wieder verschlossen hatte, die Träger über die Schulterblätter gestriffen hatte drückte sie mich herunter. „Jetzt du. Leg' dich auf den Bauch, den Rest kannst du ja selber".

Die Creme kühlte leicht, Rosalies Finger massierten die Creme ein. Bis herunter zum Hosenbund der Badehose. Unvermittelt zuckte er zusammen. „Hey, spinnst du?" Sie hatte mit zwei glitschige Finger in den After gesteckt. "Bist du irre? Was soll das?"

    "Siehste, so ist das für eine Frau. Wenn du oder sonst irgendein Typ seinen Schwanz da reinsteckt". „Was heisst sonst irgendein Typ? Hattest du denn schon mal den Schwanz von einem anderen drin?" Jürgen hatte sich auf die Seite gedreht. Nicht nur um sie anzuschauen, sondern auch zu vermeiden, dass sie weiter an seinem Hintern rumfummelt.

„Nein. Es reicht ja wohl auch dass meine Fotze von deinem Sohn ausgeleiert ist. Deswegen mag' ich das nicht. Dass du deinen Schwanz in meinen Arsch stecken willst". „Was heisst denn hier dein Sohn. Ich dachte das ist unser Sohn? Und es heisst auch nicht Fotze, sondern Scheide. Und meine Finger in deinem After, das ist okay?". Rosalie grinste. „Ja, deine Finger sind ja nicht so dick – und vor allem kannst du die nicht so tief reinstecken". Sie sah Jürgen an, schmunzelte ihn an. „Seit wann redest du denn so? Scheide und so. Sagst du jetzt auch du steckst dein eregiertes Glied in meine Scheide? Doch wohl eher nicht".

    Sie hatte ihre Hand jetzt wieder auf seinem Rücken abgelegt. „Das ist übrigens auch ein Grund warum ich mir nicht nochmal ein Kind rauspressen möchte. Weder aus der Scheide noch aus der Fotze". Etwas ungläubig sah er sie an. „Hörst du was du da redest? Vor allem wie?"

Juliette und Louis waren bereits zu sehen, beide ein Eis leckend kamen sie auf uns zu. „Hast du mit Juliette geredet? Wegen Verhütung?" „Ja, ich werde ihr das heute Abend zeigen, mit dem Kondom".

„Wie jetzt zeigen?" Rosalie grinste. „Keine Bange, nicht an deinem Schwanz. Wir kaufen nachher irgendwas Schwanzähnliches. Eine Banane oder eine Gurke. Und Kondome. Du verhütest ja nicht, das überlässt du schön mir. Wie die meisten Männer". „Mann, wie redest du denn? Fotze, Schwanz – was ist denn los? So redest du aber nicht mit Juliette".

„Gehen wir noch mal schwimmen? Ins Meer?" Louis stand startklar. „Mama geht mit dir, ich glaube die kann eine Abkühlung gut gebrauchen" grinste Jürgen Rosalie an. „Ja. Komm' Mama". Louis lief schon los.

Nachdem der Badespass mit Louis auch diesmal ausgiebig lange war rubbelte Jürgen ihn wieder trocken. Bevor er das Handtuch beiseite legte schaute er Rosalie an. „Du auch? Soll ich dich auch abtrocknen?" Ja, meinen Rücken. Gerne. Der Rest geht schon". Das Handtuch wickelte er um ihre Hüfte, massierte und knetete ihre Pobacken. Juliette sah zu Jürgen. „Fummelst du der am Arsch rum? Hier vor allen Leuten?"

Es war bereits deutlich über die Mittagszeit hinaus. „Wollen wir etwas Essen gehen? In einem Restaurant? Was meint ihr?"

Rosalie hatte Louis an die Hand genommen, lief ein paar Schritte vor uns, vor mir und Juliette. „Dann gibt es heute Abend Aufklärungsunterricht habe ich gehört". „Ja, Mama will mir das zeigen. Mit Kondom und so". Unsere Blicke trafen sich. „Benutzt ihr auch Kondome?" „Nein. Und wenn dann würde ich das ja benutzen. Ist ja zur Verhütung für Männern gedacht". Juliette nickte. „Ausserdem hat Mama mir auch gesagt, dass sie kein Baby mehr möchte. Du wohl schon". „Das stimmt. Jürgen hätte gerne noch ein Kind. Ein Baby". Er fragte sich ob Rosalie Juliette das auch so erklärt hatte, von wegen ausgeleierter Fotze und so. Wohl eher weniger. Hoffentlich.

In der Hafengegend, die Oostende von Bredene trennte, kannte Jürgen von früheren Besuchen ein kleines, aber durchaus empfehlenswertes Restaurant. Dachte da aber vornehmlich an seine persönlichen Vorlieben. „Mosselhuis". Der Name war Programm. Natürlich gab es auch für den Rest der Familie eine entsprechende Menuauswahl. Von Fisch über Fleisch bis hin zu Nudeln war alles im Sortiment.

Schwimmen macht hungrig. Das konnte man schnell feststellen. Louis hatte seine Portion „Spaghetti Bolo" zügig verputzt, nahm sich mal bei Jürgen, mal bei Rosalie Pommes vom Teller. „Hast du noch Hunger? Soll ich noch was bestellen für dich?" „Ja gerne. Pommes mit Ketchup".

Bei einem abschliessenden Nachtisch machten sie weitere Pläne. „Können wir noch mal in ein Shoppingcenter"? bat Juliette. Ob es so was in Oostende gab war Jürgen nicht bekannt. „Ich frag' mal die Bedienung ob es hier so was gibt". Die Antwort bekam er prompt. „Hier in Oostende nicht, aber auf der anderen Hafenseite. In Bredene. Direkt an der Schnellstrasse Richtung Brügge".

„Dann fahren wir eben da hin, nach Bredene. Ist ja nicht weit. Das finden wir schon". Nach nur wenigen Minuten Fussweg waren sie wieder am Parkplatz, machten sich auf den Weg. „Shopping, die zweite".

Das Shoppingcenter, bezeichnenderweise namens „Bredene Shopping", war ein Einkaufskomplex mit zahlreichen Geschäften, einer riesigen Auswahl an Mode, Schuhen, Lebensmitteln, Elektro- und Freizeitartikeln. Der riesige Parkplatz vor dem Center versprach schon bei der Einfahrt „Ladies Paradise".

„Ihr braucht doch bestimmt Geld, oder?" Ein Erfahrungswert den Jürgen im Laufe der Jahre gesammelt hatte. „Also etwas haben wir noch von gestern übrig" erklärte Rosalie. Juliette fügte schnell hinzu. „Neues kann aber nicht schaden". Wir teilten uns auf. Die Frauen zusammen, die Männer zusammen.

„Wir sind dann bei Spielwaren und im Buchshop" erklärte Jürgen für Louis und sich. Juliette kicherte. „Dann treffen wir uns da, bei Eurospar". Juliette zeigte auf den Supermarkt. „Mama und ich wollen noch Gemüse kaufen". Ihr Gekicher wurde mehr. „Das können wir aber auch in Cadzand. Ausserdem brauchen wir nichts". Rosalie zog die Augenbrauen hoch. „Du weißt schon – Gurke und Banane, etwas Obst - was man halt so braucht". Unweigerlich musste Jürgen schmunzeln. „Dann vergesst die Drogerie aber nicht".

„Komm' mein Sohn, wir gehen ins Männerparadies. Lass' die mal machen". Bis Louis in die Pubertät kommen würde waren es noch gut sechs bis acht Jahre. Sechs bis acht unbeschwerte, stressfreie Jahre – auch für die Eltern. Gottseidank. Und da Mädchen sowieso früher „reif" waren als Jungs würde es bestimmt mehr Richtung acht Jahre gehen. Ausserdem hatten Jungs den Vorteil, dass ihnen keine sichtbaren Merkmale, also Brüste wuchsen.

Die Frauen warteten bereits, wie sie sagten, seit geraumer Zeit. Louis und Jürgen hatten sich in der Spielwarenabteilung mal „so richtig" gehen gelassen, waren vollgepackt mit Taschen. „Was habt ihr denn alles gekauft?" staunte Rosalie nicht schlecht. „Lego, jede Menge Lego" antwortete Louis euphorisch. „Und ihr? Alles bekommen?" wollte Jürgen mit einem Augenzwinkern wissen.

Als wir Richtung Parkplatz liefen zog Rosalie mich leicht am Ärmel. „Ich habe mehrere Grössen von den Kondomen gekauft. Ich weiss ja nicht …". „Was denn? Was weißt du nicht?"

Sie war etwas verlegen. „Ich habe diese Dinger noch nie benutzt. Noch nie über einen Pimmel gezogen. Du?" Ich musste lachen. „Das glaub' ich nicht. Das meinst du jetzt nicht ernst, oder doch?" „Ne, ohne Quatsch. Ich hatte noch nicht so viele Typen vor dir. Und seit wir zusammen sind sowieso nur dich".

„Du bist ja drollig. Willst deiner Tochter zeigen wie das geht, hast aber selber keine Ahnung?" Rosalie sah mich an. „Kannst du vielleicht …". Jürgen musste sie in den Arm nehmen. „Spinnst du? Ne Rosalie. Das machst du jetzt mal schön klar. Mit der Gurke oder der Banane".

Louis war zügig in sein Zimmer verschwunden, beschäftigte sich mit Lego. Rosalie und Juliette waren in ihrem Zimmer. „Die Gelegenheit" sich mit einem Bier und einem Joint auf den Balkon zu verkrümeln. Durch das „auf Kipp" stehende Fenster drang das Gekicher der beiden heraus.

Nach einer Weile kam Rosalie auf den Balkon. „Kannst du vielleicht nicht doch …?" Mit einem Grinsen im Gesicht sah Jürgen sie an. „Nö. Aber Spass scheint ihr ja zu haben. Das hört man". Rosalie hielt Jürgen eine Kondompackung hin. „Dann sag' doch wenigstens mal wie".

Sichtlich amüsiert erklärte Jürgen ihr „Genau wie es auf der Packung steht. Brauchst du doch nur ablesen". Er zog den Beipackzettel heraus, las ihr vor. *Die Kondomverpackung vorsichtig an der Seite aufreißen, dann das Kondom herausnehmen. Kondom und Penis passen nur zusammen, wenn der Penis steif ist"*. An der Stelle unterbrach er das Ablesen. „Die Banane oder Gurke sind ja wohl schon steif, oder? Für was habt ihr denn überhaupt entschieden?" Rosalie schaute auf den Boden. „Mit beiden haben wir es schon versucht". „Und? Was ist besser? An was erinnert dich mein Pimmel denn eher? Banane oder Gurke?" Es fiel Jürgen schon schwer ernsthaft zu bleiben.

„Okay, okay. Wir versuchen es noch mal. Mit der Gurke". Jürgen las weiter vor. *„Die Vorhaut zurückziehen, falls der Penis nicht beschnitten ist"*. Wieder musste er lachen. „Das kannst dir sparen bei der Gurke, das mit der Vorhaut". Abermals nahm er den Zettel. *„Das Kondom so ansetzen, dass die »Rolle« außen liegt und die Luft aus dem »Zipfel« drücken. Das Kondom bis ganz zur Peniswurzel abrollen. Nicht ziehen! Wenn das nicht klappt, nochmal mit einem neuen Kondom probieren"*. Mittlerweile war Juliette auch hinzugekommen. „Ich glaub' ein echter Pimmel wäre schon lange wieder schlaff". Wir mussten alle drei lachen. Rosalie war die erste die sich fing. „Woher willst du ... Woher weißt du das? Hast du schon ... Hattest du schon Sex?" fasste sie Juliette fest am Arm. Juliette grinste breit. „Hast du schon gefickt? Das wolltest du doch sagen, oder? Ne, Mama, habe ich noch nicht. Aber ich weiss schon wie ein Pimmel aussieht. Meinst du ich bin blöd?"

Juliette gab Rosalie die Kondompackung zurück. „Ich glaub' die Mama muss das selber erst noch ein paar Mal üben". Juliette lachte laut auf. Dann sah sie Rosalie an. „Verhütet ihr denn überhaupt nicht?" Ein wenig entrüstet sah Rosalie zu Juliette. „Also bitte. Ich bin deine Mutter. Nicht irgendeine aus deiner Clique. Doch. Ich verhüte. Ich hab' eine Spirale. Das ist auch nicht so'n Stress".

Sie verschwanden mit der kompletten Ausstattung wieder. Das Lachen wurde weniger. Scheinbar hatte sich Erfolg eingestellt. Nach einer guten Dreiviertelstunde kamen beide wieder zurück. Ich hatte es mir mittlerweile bei weiterem Bier im Wohnzimmer gemütlich gemacht. Louis war weiterhin im „Legoland". Juliette hielt stolz die Gurke in die Luft. „Hier. Hat geklappt. Jetzt ein paar Mal hintereinander". Sie sah zwischen Rosalie und mir hin und her. „Gibt es überhaupt so grosse Pimmel?" Keine Antwort. „Mama. Gibt es so grosse Pimmel?" Ich weiss nicht, frag' doch mal 'nen Mann. Da steht einer".

Juliette zeigte mit der Kondomüberzogenen Gurke zu Jürgen. „Gibt es so grosse Pimmel?" „Das weiss ich auch nicht. Mein Pimmel ist nicht so gross. Mehr weiss auch nicht. Vielleicht in Afrika". Darauf zu verweisen, dass Rosalie sich mit Pimmeln von Schwarzen eigentlich auskennen müsste verkniff ich mir.

Juliette verschwand. In ihr Zimmer. „Ich übe noch was". Ob es daran lag, dass Jürgen von den in der Wartezeit getrunkenen Bieren schon leicht angebläut war? Jedenfalls amüsierte er sich prächtig. Rosalie war leicht angesäuert. „Musstest du das jetzt alles so breit austreten? Mit der Pimmelgrösse und so? Mit den Schwarzen? Du weißt doch, dass Juliette mit in Jamaica war. Was soll sie denn jetzt denken?" Jürgen sah Rosalie an. „Dass alle Schwarzen einen riesigen Pimmel haben?" Das Lachen kam laut aus Rosalie heraus. „Du bist so ein blöder Idiot. Stimmt aber. Die Jamaicaner hatten ziemlich grosse Schwänze". Jürgen sah sie an. „Hast du … Als du da im Urlaub warst …?" Rosalie wechselte auf die Couch, schlug Jürgen im Vorbeigehen auf den Oberam. „Ne, habe ich nicht. Egal wie deine Frage weitergehen soll. Habe ich nicht. Versucht haben die es aber schon. Uns Frauen anzumachen. Mit ihren Schwänzen".

Jürgen setzte sich zu Rosalie auf die Couch, nahm sie in den Arm. „Nimm das doch alles nicht so ernst. Das hast du toll gemacht. Und bei dem Spass den ihr hattet ist das bei Juliette bestimmt gut angekommen. Meinst du nicht?" Sie sah mich an. „Ja. Aber ein bisschen peinlich war das schon. Ausserdem war die Gurke auch viel zu dick und zu gross. Solche Pimmel gibt es doch nicht".

Jürgen nahm ihre Hand, führte sie zwischen seine Beine. „Willst du den gleich noch ein bisschen üben? An 'nem echten Pimmel? An meinem?"

JAN VAN RENESSE

„Der Boss"

Rosalie zog ihre Hand weg. „Ist denn schon wieder alles im Lack, dass du denkst da geht was bei uns?" „Wie bitte? Gegenfrage Gnädigste. Ist den schon wieder alles im Lack, dass ich dich zum Höhepunkt lecken kann? Und sonst nix?" „Das ist ja wohl was anderes". „Bitte?"

Rosalie zog meinen Kopf an ihren Brustkorb, streichelte mir durchs Haar. „Das war Spass. Nur eben – und das habe ich dir ja wohl heute klar gemacht – an meinem Hintern geht gar nix, zumindest nicht mit deinem Schwanz. Ausserdem habe ich es sowieso am Liebsten, wenn du meine Brüste liebkost". Ich sah zu ihr nach oben, ins Gesicht. „Das trifft sich. Ich auch". Jürgen stand auf. „Und jetzt muss ich mal zu unserem Sohn. Spielen ist angesagt".

Schnell waren sie ganz vertieft in die Welt die Louis mit den Legosteinen und Figuren geschaffen hatte. Sehr schnell war auch Jürgen eingetaucht, war auf seinem Level. Jungs unter sich eben. Louis hatte wohl durch die halb geöffnete Zimmertür mitbekomen was vorhin mit der Gurke abging. Zumindest so halb. „Was habt ihr gemacht?" „Ach, nichts Besonderes. Juliette wollte noch einen Salat zaubern". Louis sah Jürgen an. „Boah, schon wieder fressen".

„So Jungs. Jetzt wird es aber langsam Zeit ins Bett zu gehen". Rosalie stand im Türrahmen. „Morgen ist auch noch ein Tag. Noch zehn Minuten, okay?" Jürgen schaute zu Louis. „Der Boss hat gesprochen". Er sah ihn an. „Ist Mama der Boss?" „Ja mein Sohn. Das ist sie. Von uns allen. Immer".

Nach dem Zähneputzen setzte sich Rosalie noch zu Louis, las ihm eine Geschichte vor. Das tat sie immer, bis auf ganz ganz wenige Ausnahmen. Das war eine Art Ritual. „Gute Nacht mein Schatz, träum' was Schönes".

Kurz kam sie ins Wohnzimmer, rauchte eine Zigarette. „Ich geh' mal zu Juliette, hole das ganze Gemüse. Nicht dass die noch auf dumme Gedanken kommt". Ihr Gesicht verzog sich zu einem skeptischen Gesichtsausdruck. „Glaubst du ...? Meinst du sie sagt die Wahrheit? Das mit dem Pimmel? Und dem Sex?" „Nein, glaube ich natürlich nicht. Doch nicht unser Mädchen".

Rosalie hatte die „Obst- und Gemüseabteilung auf der Küchenanrichte abgelegt. „Das können wir aber noch locker essen". Sie schmunzelte. „Nur der Regenmantel muss ab". Mit einer Handbewegung streifte sie das Kondon von der Gurke. „Schmeiss ich weg, oder?" „Oder was?"

Eine gute Stunde noch blieben sie im Wohnzimmer, unterhielten sich. Rosalie zog Tabak zu sich herüber. „Kiffen wir noch was?"

„Plopsaland"

Nach der Tüte war Rosalie ins Badezimmer gegangen. Hatte Kontaktlinsen gegen Brille eingetauscht. In der Hand hielt sie eine Packung Kondome, lächelte verschmitzt. „So, jetzt mal am lebenden Objekt. Operation am offenen Herzen sozusagen".

„Du musst aber schon warten, bis der Penis steif ist, so steht es ja im Handzettel. Und auch die Vorhaut zurückziehen. Ich bin ja nicht beschnitten". „Das weiss ich". Sie machte eine Pause. „Wie weit denn?" Jürgen musste grinsen. „Also mindestens bis hinter die Eichel, etwas mehr kann nicht schaden. Aber vorher etwas anfeuchten". „Wie jetzt anfeuchten?" „Ja Mensch. Draufrotzen oder so".

Aus ihrem Mund liess sie einen langen Faden Speichel auf seinen Penis laufen. Zog die Vorhaut zurück. Sah ihn an. So?" Schob sie wieder vor. „Oder so?" Dieses Mal hatte sie die Vorhaut schon weiter über die Eichel zurückgezogen. Schloss ihre Hand fester und bewegte sie schnell und fest auf und ab. „Oder so?" Jürgen hielt ihre Hand fest. „Willst du mir einen runterholen? Oder was wird das?" Mit Schwung und grinsendem Gesicht feuerte Rosalie die Verpackung in die Zimmerecke. „Wir machen das so wie immer. Ich nehm' den jetzt einfach in den Mund. Ausserdem verhüte ich doch sowieso". Mit Hingabe spielte Rosalie mit Ihrer Zunge um seine Eichel, hielt nach einer Weile inne, sah Jürgen an. „Steif genug?"

Er zog ihr Gesicht zu sich herauf um sie zu küssen. Dabei nahm er den Geschmack seines Penis wahr. Zog ihr vorsichtig die Brille von der Nase, öffnete ihr zusammengebundenes Haar. „Siehst du mich noch?" Sie grinste. „Du bist richtig blöd. Und du fährst jetzt nicht deinen Pornofilm ab. Ich bin doch nicht blind". „Dann leg' dich mal hin, mach' die Augen zu und lass' mich machen". Rosalie rutschte ganz auf das Bett.

Sehr gut gelaunt kam sie in die Küche, Jürgen hatte bereits Kaffee gemacht und war dabei einige Dinge wie Aufstrich, Wurst und Käse auf den Tisch zu stellen. Rosalie sah sich um. „Die Kinder schlafen noch?" „Kann sein, zumindest sind sie noch in ihren Zimmern". Sie legte ihre Arme um seine Hüfte. „Es ist so schön, wenn du zärtlich bist. Ich mag es sehr …, nein, ich liebe es, wenn du das mit meinen Brüsten machst".

„Heute ist dann wieder komplett Kindertag. Kein Shopping oder solche Sperenzien".

„Hast du denn schon was geplant?" Das hatte Jürgen nicht, wollte sich aber nach dem Frühstück einfach von den Broschüren inspirieren lassen. „Ne, mal hören was die beiden sagen, oder?" Nach ein wenig Schmökern in den Reiseanregungen legte Louis seine Hand auf eine der Broschüren. „Das hier, lass' uns dahin. Geht das?" Das bunt leuchtende Programmheft des „Plopsaland De Panne" hatte seine volle Aufmerksamkeit. Es dauerte lange bevor Louis das Prospekt dann endlich „freigab", jetzt konnten die anderen auch einen Blick hineinwerfen. „Wollen wir das machen?" fragte Rosalie. Das hätte sie sich eigentlich sparen können. Die Entscheidung war längst getroffen.

Relativ bald nach dem Frühstück brachen sie auf. De Panne – das war knapp 80 Kilometer entfernt. Ein ebenfalls an der Küste gelegener Ort, an der belgischen Küste. Auf der Strassenkarte hatte Jürgen den Weg herausgesucht, wollte im Ort, in Cadzand noch tanken. Bevor er an der Tankstelle ausstieg gab er Rosalie die Strassenkarte. „Schau' mal selbst. Lieber Landstrasse oder Autobahn?"

Neben der Tankfüllung kaufte er noch ein paar Getränke, „Wegzehrung" für die Kinder. „Autobahn ist bestimmt schneller – und einfacher" hatte Rosalie entschieden.

„Guten Morgen meine verehrten Damen und Herren. Hier spricht ihr Kapitän" sprach Jürgen mit verstellter Stimme in ein imaginäres Mikrofon. „Bitte wieder anschnallen, die Sitze aufrecht stellen. Wir starten. Ich wünsche Ihnen eine angenehme Reise. Bei Fragen und Wünschen wenden Sie sich bitte an die Stewardess".

Im Rückspiegel konnte er die grinsenden Gesichter der Kinder erkennen. Louis' Frage nach „Ist Mama die Stewardess?" konnte er mit einem Schmunzeln beantworten. „Ja, sie erfüllt dir jeden Wunsch". Dann drehte er sich zu Rosalie, gab ihr einen Kuss auf die Wange, sah sie an. „Und damit meine ich wirklich JEDEN Wunsch".

Plopsaland lag mitten in der Stadt, nicht weit vom Bahnhof De Panne entfernt. Hatte irgendwas von dem bekannten Phantasialand, nur ein wenig kleiner. Wir fuhren auf den Parkplatz, bekamen von einem „Einweiser" nicht nur den Stellplatz zugewiesen, er wollte auch direkt die Parkgebühren kassieren. „Das macht 12 Euro". Nach dem Bezahlen reichte er ein Ticket durch die Seitenscheibe herein. „Das müssen sie gut sichtbar platzieren. Von innen".

Dass der Freizeitpark gut besucht war - oder generell besucht würde war an der Grösse des Parkplatzes gut zu erkennen. Hier konnten mal locker zweitausend Fahrzeuge parken - geschätzt. An der Kasse wartete die erste Herausforderung. Sich für einen Ticket-Tarif zu entscheiden. Gruppenticket, Einzelticket, Express-Ticket – das war gar nicht so einfach, vor Allem „mal eben" zu entscheiden. Ganz leicht fühlte Jürgen sich überfordert. Dann wurde es aber klar, zweimal Express-Ticket – für die Kinder, damit sie ohne „Anstehen" direkt auf die Attraktionen und Fahrgeschäfte konnten. Für die Erwachsenen sollten reguläre Tickets ausreichen. Jürgen selbst war eher jemand der gar nicht so viel Spass an Achterbahnen und so was hatte. Aber sie waren ja zum Vergnügen der Kinder hier, nicht zu seinem.

Der ganze Spass belief sich auf gut 220 Euro, wobei allein die zwei Express-Tickets mit sechzig Euro ganz schon reinhauten. Aber doch letztendlich deutlich günstiger waren als „Quengelnde Kinder". Die Investition hatte sich aber schnell und „allemal" rentiert.

Eine Attraktion reihte sich an die andere. Achterbahnen, um einen See herum diverse „feuchte Abenteuer" und Bootsfahrmöglichkeiten. Aber auch klassische Kirmesdinge wie Kettennkarussel oder Autoscooter wurden geboten. Immer wieder aufgelockert mit zum Beispiel einem Streichelzoo oder Ponyreiten. Also wirklich von Allem etwas, für alle Altersstufen.

Sehr geschickt waren zwischen den einzelnen „Station" Fressbuden aller Art platziert. Süssigkeiten, Pommes, Hot-Dogs – Hunger leiden brauchte hier keiner. Schnell hatten sich die Express-Tickets bezahlt gemacht. An einigen Fahrgeschäften schienen die Schlangen anstehender Parkbesucher kein Ende zu haben. Louis und Juliette konnten so ganz einfach an den Wartenden vorbei, direkt an den Anfang. Sehr zu ihrer Freude, konnten sie bei einigen der „Roller-Coaster" doch direkt eine zweite oder gar dritte Runde einlegen.

Am frühen Nachmittag legten sie im „Restaurant Grand Buffet", untergebracht im „Hotel Plopsa", eine Mittagspause ein. Aber nicht lange, die Kinder wollten unbedingt wieder „raus", in den Park.

Natürlich durften auch einige Shops, mal thematisch zu dem jeweiligen Bereich, wie „Piraten-Shop", „Prinzessinen-Shop" oder „Biene Maya-Shop" nicht fehlen. Aber auch so allgemeine Shops, in denen es allen möglichen Krims-Krams gab.

Louis und Juliette schleiften ihre Eletern von A nach B, einmal durch den kompletten Park. Hier und da ging Rosalie mit ihnen auf eine Achterbahn oder sonst was. Auch Jürgen blieb nicht verschont. „Komm' Papa, das ist voll cool. Fahr' mal mit". Wie konnte er sich den leuchtenden Kinderaugen und strahlenden Gesichtern entziehen. Unmöglich. Die Fahrt im „Dino-Splash" machten sie gemeinsam, zu viert. Ein Höllenspass, der durch eine Art Urwald führte, vorbei an Vulkanen und Lavaströmen – natürlich keine echten - und in einem riesigen Wasserbassin endete. Sie waren komplett nass, von den hochspritzenden Wsserfontänen. Was zur Folge hatte, dass sie sich im „Plopsa-Laden" mit trockenen T-Shirts eindecken mussten. „Das ist doch so geplant von denen – den Plopsas" dachte Jürgen nur.

Was für ein Anblick. Da standen sie nun zu viert vor einem grossen Spiegel in dem Laden, betrachteten sich, mit ihrer „uniformen" Oberbekleidung. Rosalie schmunzelte. „Ist aber schon fast zu klein für dich, das T-Shirt". Ja, es spannte ein wenig, auch wenn „Grösse XL" eingenäht war. Dafür sah es an den Kindern umso besser aus, auch an Rosalie. Jürgen nahm sie einen Schritt zur Seite. „Schau' noch mal genau in den Spiegel". „Wie? Was ist denn?"

Mit dem Kopf wies er auf ihr Spiegelbild. „Siehst du was für tolle Brüste die Frau da drüben hat?" Rosalie strich sich mit den Händen über die Brüste, so als wolle sie Falten aus dem Shirt heraus glätten, verzog leicht die Mundwinkel. „Naja, ein bisschen hängen die schon". Ihr Spiegelbild sah Jürgen an. „Findest du mich noch attraktiv?"

Die Kinder wollten weiter, die nächste Attraktion wartete schon. Schnell die T-Shirts bezahlen, weiter ging es. Rosalie nahm auf dem Weg zum „Anubis-Ride" - eine schon wild aussehende Achterbahn - Jürgens Hand. „Willst du nicht auf meine Frage antworten?" „Wie? Was für eine Frage? Ob ich dich noch attraktiv finde? Darauf brauch' ich doch nicht wirklich antworten". Er sah sie an. „Ne, ich find dich nicht attraktiv … ich begehre dich. Das ist noch viel mehr".

„In dreissig Minuten schliesst Plopsaland. Bitte denken Sie daran rechtzeitig zum Ausgang aufzubrechen" klang eine Stimme aus einem der über die Parkanlage verstreuten Lautsprecher.

„Also Kinder, jeder noch mal zu seiner Lieblingsachterbahn, auch gerne zwei, dann müssen wir los". Mit den Express-Tickets sollte das aber kein Problem darstellen. Hingehen, direkt einsteigen – ab geht die wilde Post.

Überglücklich und völlig überdreht stiegen sie ins Auto, hatten allerdings zuerst ein wenig suchen müssen. Der Parkplatz war jetzt „brechend voll".

„Zutritt verboten"

Mindestens vierzig verschiedene Attraktionen hatten sie, vor allem die Kinder „abgearbeitet". Ein toller Park. Ein toller Tag. „Können wir morgen noch mal hierhin kommen?" Louis war verständlicherweise „Feuer und Flamme". In den Rückspiegel blickend sah Jürgen ihn an. „Ich glaube nicht, wir haben bestimmt noch anderes vor". Zwar wusste er auf Anhieb nicht was, aber nicht schon wieder in den Park. Auch war das schon ein sehr „teurer Spass" gewesen. Neben den Ticketpreisen hatte sich noch so das ein und andere an Kosten ergeben. Essen, Souvenir-Shops, T-Shirt, …

Schnell überschlagen kam er auf etwa 350 Euro. Das waren „siebenhundert Mark". Kurioserweise rechnete er immer noch, selbst einige Jahre nach der Euro-Einführung Summen in deutsche Mark um. Konnte sich nicht an das „neue" Geld gewöhnen. Lediglich dass der Geldumtausch beim Eintritt in andere Länder entfiel sah er als Vorteil, ansonsten war die Deutsche Mark für ihn einfach das Mass der Dinge.

Für den Rückweg hatte Jürgen sich für die Strecke über die N34 entschieden, also immer am Meer entlang. Sicherlich war das kilometermässig etwas weiter – und nicht so „zügig" wie über die Autobahn. Aber so würden sie noch jede Menge Landschaft geniessen können. Von De Panne aus ging es über Oostende, De Haan, Blankenberge, Zeebrugge bis nach Knokke-Heist. Hier entschieden sie uns einen Stopp einzulegen, Essen zu gehen. Jürgen war Knokke aus früheren Besuchen bekannt. „Was ist denn hier so Besonders? Dass wir, dass du unbedingt hier essen gehen willst?"

Knokke-Heist, in Deutschland wurde man wohl sagen der Kurort, hatte ein ganz besonderes Flair. „Schaut einfach mal wie schön es hier ist" forderte er seine Familie mit einer Handbewegung auf doch einfach mal aus dem Autofenster zu schauen. Juliette tat ihre Meinung mit „Ja, Meer. Wie überall hier" kund. Gleichzeitig mit seiner Begeisterung bat Jürgen auch morgen einen Tagesausflug hierher zu machen. „Das ist ja nicht weit. Direkt hinter dem Naturschutzgebiet bei uns in Cadzand, De Zwin, fängt das eigentlich schon, das Gebiet von Knokke". Juliette nörgelte weiter. „Und was sonst noch? Ausser Sträuchern?" Wie sollte er das mit wenigen Worten so beschreiben, dass es ihre Zustimmung finden konnte?

„Knokke-Heist ist mondän, am Puls der Zeit, naturnah. In der Nähe der niederländischen Grenze, mit Natur- und Wandergebieten - eine erstklassige Feriendestination. Casino, Kunstgalerien ..." Juliette unterbrach seinen Redefluss. „Destinationen. Hahaha - du könntest als Reiseführer anfangen. Und sonst? Sonst noch was?"

„Ja, sonst noch jede Menge. Tolle Gastronomie, allerfeinste Shopping-Möglichkeiten ..." Viel weiter kam er erneut nicht. „Ja, Shopping ist cool". Er sah zu Rosalie herüber, sprach leise „Weiber sind doch alle gleich, egal wie alt". Rosalie grinste. „Ja, sind sie. Lieb und teuer".

Direkt neben dem Casino gelegen machte wir ein Restaurant aus. „Wollen wir da was Essen?" Obwohl Jürgens Vorschlag von seiner Familie angenommen wurde entpuppte sich die Idee schnell als „Schuss in den Ofen". Weiter als bis in den Empfangsraum kamen sie gar nicht erst. Nicht nur dass sie an einem Schild mit der Aufschrift „Ihr Platz wird Ihnen sofort zugewiesen. Danke für Ihre Geduld" warten mussten. Die Bedienung die ihnen entgegen kam liess sofort wissen „So können wir Sie leider nicht empfangen. Abendgarderobe ist erwünscht".

Gut, das Outfit war jetzt natürlich alles andere als Abendgarderobe. Vier Figuren, die in T-Shirts Reklame für Popsaland liefen. Ein wenig ratlos bis blöd schauten sie sich an. „Und jetzt?" Juliette hatte die Antwort parat. „Da vorne ..." zeigte aus dem Eingang hinaus. „... war eine Pizzeria. Dann gehen wir eben da hin".

Hier, in der Pizzeria war man ihnen gegenüber nicht so „Ete Petete", bat direkt an Platz zu nehmen, brachte die Speisenkarten. „Getränke? Was darf es sein?" „Ich möchte eine Cola" bestellte Juliette. „Ich auch" stimmte Louis ein. Rosalie entschied „Na gut, Ausnahmsweise". „Für uns …" Jürgen zeigte auf Rosalie und sich „eine Flasche Wein, Rosé. Und zwei Gläser bitte".

Der Pizzabäcker verschwand hinter den Tresen. „Ich trink' aber maximal ein Glas, mit Wasser gemischt". „Das trifft sich" gab Jürgen Rosalie zu verstehen, schob ihr die Autoschlüssel über den Tisch. „Den Rest trink' ich dann".

Die Getränke wurden gebracht, sie hatten auch schon ausgewählt was es zu Essen geben sollte. Louis – Pizza Margerita, Juliette – Spaghetti Carbonara, Rosalie – Pizza mit Scampis, Jürgen – Pizza Quattro Formaggi. Ganz simpel, kein Schnick-Schnack.

Lag es daran, dass er schon fast die gesamte Flasche Wein getrunken hatte? Oder was war es, dass ihm die netten Worte der Kinder fast die Tränen in die Augen trieben? Louis begann. „Das war ganz toll heute. Echt klasse. Danke Papa". Juliette sah zu Louis. „Ja, das war voll cool in dem Park". Dann schaute sie Rosalie. „Danke Mama für den Ausflug". Rosalie machte eine Kopfbewegung in Jürgens Richtung. „Und auch dir, danke Papa" ergänzte Juliette.

„Wieso Papa?" „Was soll ich denn sonst sagen, du bist doch wie ein Papa für mich. Für Louis sowieso, aber für mich auch. Du bist unser Papa". Sie schaute zu Louis. „Stimmt's?" Mit vollem Mund, gerade ein Stück Pizza kauend, bestätigte er knapp mit „Oui".

JAN VAN RENESSE

„Das Bälleparadies"

Rosalie hatte Louis zu Bett gebracht, ihm noch eine Geschichte vorgelesen. Juliette hatte sich in ihr Zimmer verzogen. Leicht bis mittelschwer angetrunken sass Jürgen in der Küche, schlabberte mir noch ein Bierchen.

„Das hat dich ganz schön gerührt vorhin. Das konnte ich deutlich sehen". Rosalie legte ihren Arm um seine Schulter. „Ja, das hat es. Das ist dann schon was anderes als zu hören *Du bist nicht mein Vater*".

Gestern hatte Jürgen ja bereits „angeregt" einen Tagesauflug nach Knokke zu unternehmen. Beim Frühstück wollte er das Thema nochmals aufnehmen. Nicht wegen des Restaurantbesuchs, bei dem sie gestern „abgewimmelt" wurden. Nur ganz kurz dachte er nochmal an die erteilte Abfuhr - „Sie können nicht hier rein" - konnte das aber mit dem, in Gedanken ausgesprochenen Satz „Dann fick' dich du Arschloch" als abgehakt beiseitelegen.

„Gerne würde ich mir ein paar Häuser dort anschauen". „Und da sollen wir dann einfach mitlatschen?" entfuhr es Juliette. „Lass' mich mal ausreden". Sah sie ernst an. „Bitte". Um dann seine Planung komplett auszuführen. „Also, ich fang' einfach noch mal an. Ich möchte mir ein paar Häuser, Architektur anschauen. Und dann für jeden etwas. Wonach euch der Sinn steht".

Sein Blick machte eine Runde um den Frühstückstisch. „Spielplatz" begann Louis. „Und schwimmen gehen. Ans Meer". Juliettes Wahl war auch sehr klar. „Etwas durch die Stadt laufen …". Machte eine kleine Pause. „Schaufensterbummel". Jürgen schaute zu Rosalie. „Und du?" „Ich mach' sowieso alles mit. Alles was ihr wollt".

Die Taschen waren gepackt. Handtücher, Badesachen, Sonnencreme – alles was man für einen Strandbesuch benötigt. Mehr brauchten man eigentlich nicht, ausser Geld - und gute Laune – aber das war beides vorhanden, ausreichend. Alles gut also.

Kurz nach „Retranchement" überquerten sie die Grenze nach Belgien, eigentlich unmerklich. Die Landschaft änderte sich nicht, lediglich an den belgischen Autokennzeichen war das zu erkennen. Rechts und links der Strasse erstreckten sich sattgrüne Polderflächen und Felder. Vereinzelt waren Bauernhöfe auszumachen. „Holland ist schon schön" bemerkte Rosalie. „Ja, aber wir sind schon in Belgien". Rosalie grinste. „Belgien ist schon schön".

Während der kurzen Fahrtzeit galt es jetzt nur noch die Reihenfolge der geplanten Aktivitäten festzulegen, abzustimmen. Rosalie, die sich ja mit keiner konkreten Idee an den Vorschlägen beteiligt hatte entschied – für alle – für folgende Reihenfolge: Strand, schwimmen, Spielplatz, Stadtbummel, Häuser anschauen. „Dann können wir auch zwischendurch was essen und trinken. Und die Kinder sind erstmal zufrieden".

Dass sie seinen „Architekturwunsch" hinten angestellt hatte erklärte sie mit „Die Häuser stehen ja noch eine ganze Weile da, oder?" Leicht über die Schulter gedreht sprach Jürgen zu den Kindern auf der Rücksitzbank „Ihr habt gehört was der Boss gesagt hat?"

Zwischen Ortsrand von Knokke und dem Naturschutzgebiet „De Zwin" führte die Strasse bis direkt an die Promenade, den „Zeedijk Het Zoute". Bei der Suche nach einem Parkplatz konnte Jürgen bereits die ersten prächtigen Häuser bestaunen, die hier im Villenviertel „Het Zoute" lagen. Die weißen Landhäuser bildeten einen stilvollen Kontrast zum Grün der geschmackvoll angelegten Gärten. Wahrscheinlich war er der Einzige, den das wirklich interessierte, ansprach.

Dennoch fuhr er die komplette Promenade gleich zweimal hintereinander ab. „Hoffentlich finden wir bald einen Parkplatz" erklärte er, um nicht sofort den Eindruck zu erwecken dass er sich eigentlich nur die wunderschönen Häuser anschauen wollte.

Am „Albertplein", hier begann auch das Stadtzentrum, meinte er im langsamen Vorbeifahren an den Reihen parkender Autos eine „Lücke" zu sehen. Da wollte er parken. „Das passt niemals" machte Rosalie ihm Hoffnung. Genau das Gegenteil bewirkte das bei Jürgen. „Das passt schon. Kannst du mich bitte einweisen?" bat er Rosalie und alle auszusteigen. „Mann, das passt nicht, du hast keinen Renault Twingo, das passt niemals".

Nach gefühlten fünfhundertmal vor- und zurücksetzen hatte Jürgen dann endlich, schweissgebadet, den Schwedenpanzer in die Lücke gequetscht. Maximal eine Scheibe Salami – dünn geschnitten – passte zwischen die Stossstangen zu vorderem und rückwärtigem Auto. „In jedem Falle klaut uns so schnell keiner die Karre" musste er grinsend feststellen. „Presspassung nennt man das".

Für einen Moment musste er sich mit zittrigen Händen – von der intensiven „Kurbelei" am Lenkrad - auf eine kleine Mauer setzen. „Ich möchte mal eine Zigarette rauchen". Musste sich eingestehen, dass ihn die Einparkerei ganz schön geschafft hatte. Aber wir waren das Auto „los".

Nur wenige Meter trennten uns von der Promenade, vom Strand, vom Meer. Sie liefen fast direkt auf einen abgesperrten Bereich zu. Je näher sie kamen umso „hibbeliger" wurde Louis. „Das ist ein Spielplatz". Das traf es aber nicht wirklich, stellte sich als sehr viel mehr heraus. "Kid's Beach" prangte in grossen Lettern über dem Eingang, einer Art aufgeblasener Hüpfburg. Lautes Kinderkreischen empfing sie.

Louis hatte sich von Rosalie „losgerissen", war direkt – und mit Anlauf – in das Bälleparadies abgetaucht. Eine Rutsche und Kletterturm kombiniert, ebenfalls aublasbar, an dessen Fundament tausende Bälle lagen. Da war das Bällebad bei IKEA ein Scheissdreck gegen. Um die einzelnen Spielgeräte waren Sitzbänke im Sand postiert. Für die „wartenden" Eltern. Super Idee. Jürgen setzte sich ebenfalls und sofort. „Müssen wir jetzt hierbleiben?" Juliettes Begeisterung hielt sich in Grenzen. „Müssen?" Jürgen sah sie an. „Nein, müssen müssen wir gar nichts. Aber ich bleibe. Erst einmal. Willst du Louis allein lassen?" schaute ich fragend zu Rosalie. „Geht doch einfach weiter zum Strand runter, geht 'ne Runde schwimmen". Rosalie zeigte zu den Toilettenhäuschen. „Komm' da können wir uns dann gleich umziehen. Unsere Bikinis anziehen". Beide Frauen verschwanden.

Bei einer der umherlaufenden Bedienungen bestellte Jürgen sich ein kaltes Bier. „Leffe Blond". Juliette und Rosalie waren zurück, beide in Bikini. „Ah, da sind ja meine Strandschönheiten". Er trank einen Schluck Bier, sprach dann zu Juliette. „Du hast deine Schwester dabei, sehe ich". Mit meinem Kompliment wusste sie aber so gar nichts anzufangen, Rosalie schon, schmunzelte leicht. „Sehen wir aus wie Schwestern?" Dann legte sie einem Arm um meinen Hals. „Du säufst dich aber nicht zu während du hier aufpasst". „Wie vollsaufen?" „Weil du schon Bier trinkst, es ist noch nicht einmal Mittag. Pass' bloss auf Louis auf. Wir gehen dann zum Strand".

Während sie ihre Taschen neben die hölzerne Sitzgarnitur schob, ähnlich einem Möbelstück das aus Europaletten gezimmert war, ermahnte sie Jürgen nochmals. „Halt dich etwas zurück. Und pass' auch auf unsere Klamotten auf, ja?"

Zeit um sich in aller Ruhe dieses „Kid's Beach" zu Gemüte zu führen. Eine super Idee, ein super Konzept - Kinderspielplatz am Strand. Ein extra abgetrennter Spielbereich für die ganz, ganz kleinen, Elektroautos auf einer

Art Rennstrecke, Hüpfburgen, Kriechtunnel, Kletterturm, Base Jump, Freestyle Run, Schwimmbad mit Rutsche, ...

Für Louis bedeutete das „Klettern, Rutschen, Krabbeln, Springen und Spielen" - endloser Spass am Strand. Für Jürgen entspanntes Sitzen und beobachten, das Meer geniessen. Darüber hinaus versprach die an den niedrigen Tischen eingeklemmte „Menukaart", dass es an nichts mangeln würde. Getränke – von Koffie oder Chocomel, Erfrischungsgetränken über Bier bis hin zu Cocktails. Dazu diverse Broodjes. Eigentlich brauchte man gar nichts anderes mehr zu unternehmen. Oder einen Ortswechsel vorzunehmen.

Nicht nur um nach dem Rechten zu sehen war er zu Louis gegangen, der auf einer der Attraktionen rumturnte, zeigte ihm, dass er nicht weit entfernt an einem der Tische auf ihn warte. „Wir gehen aber nicht. Ich möchte hierbleiben". Sein freudestrahlender Gesichtsausdruck sagte alles. „Nein. Überhaupt nicht. Wir sind doch gerade erst gekommen. Wenn du mal was trinken möchtest oder so kommst du einfach. Oder wenn du mich suchst. Ich da drüben", zeigte Jürgen auf die Sitzecke.

Das Gehen in dem weichen Sand war ein wenig mühselig. Langsam schlängelte er sich an den Sitzmöbeln vorbei. Vornehmlich Eltern sassen hier, davon mehrheitlich Frauen. „Welch ein Anblick" dachte er sich. Wenn auf allen Spielplätzen dieser Welt Mütter in Bikinis oder Badeanzügen auf ihre Kinder achteten würde er auch garantiert öfter - und vor Allem begeisterter auf den Spielplatz wollen.

Bei seiner zweiten Runde Bier wechselte er dann zu „Hoegaarden Witbier". Die junge und „knackige" Bedienung betrachtend, in ihrer zu Shorts abgeschnittenen Jeans und Bikini-Oberteil, kam er sich irgendwie selbst wie im „Bälleparadies" vor, genoss die Aussichten auch rings um sich herum – so als wäre er Juror beim „Miss Knokke Mama-Contest".

Louis war zu einer ersten Pause an die Sitzbank gekommen. „Magst du was trinken?" Eigentlich eine blöde Frage, er war schon total verschwitzt. Schnell hatte er sich die bestellte Fanta getrunken. „Hast du meine Badehose? Kann ich schwimmen gehen? Da im Schwimmbad?" Er zeigte auf die aufgeblase Rutsche, die in einem grossen Bassin endete.

„Klar". Aus einer der Tasche, die neben der Sitzbank stand zog Jürgen ein Handtuch und seine Badehose. Band ihm das Handtuch um die Hüften. Schnell Unterhose abstreifen, Badehose hochziehen. Fertig. Dieses „Schwimmbad" war optimal für ihn. Keine Wellen, keine übermässige Wassertiefe. Da konnte er locker alleine drin schwimmen, Tollen.

Einige kühlende Wassertropfen plätscherten auf Jürgens Schulter. Rosalie und Juliette waren zurück. „Das ist voll erfrischend". Um das zu unterstreichen war Rosalie dabei ihren Haarschopf über ihm „auszuwringen". Davon animiert tat es Juliette ihr gleich. „Hey. Wir haben Handtücher dabei. Wie wäre es damit?"

Rosalie zog aus einer der Taschen Sonnencreme hervor. „Du solltest dich wenigstens eincremen, wenn du hier mit nacktem Oberkörper sitzt". Sie beugte ihr Gesicht zu Jürgen herunter. „Das machst du doch wegen der ganzen Weiber hier, oder?" „Was jetzt?" „Was wohl, deine Muskeln zeigen". Sie gab Jürgen einen Kuss. „Ich kenn' dich doch. Dreh' dich mal zu mir, ich creme dir deinen Rücken ein". Schon presste sie die Creme-Wurst auf seine Schulter. Ruckartig hielt er ihren Arm fest. „Aber du steckst mir nicht wieder deine Finger in den Arsch". Rosalie lachte laut auf.

Juliette hatte Getränke bestellt. Trank einen grossen Schluck eiskalte Cola. „Ich geh' mal schauen wo Louis ist. Was der macht". Stand auf, lief in Richtung einer der „Aufblasburgen".

Rosalie setzte sich zu Jürgen auf die Bank, drehte sich eine Zigarette. „Gefällt es dir hier?" „Jepp, richtig cool hier, optimaler Spielplatz". Sie legte ihren Arm um seine Schulter. „Das glaub' ich gerne. Eiskaltes Bier …" Sie hob ihren Kopf. „Lauter fast nackte Titten um dich herum. Kein Wunder, dass dir das gefällt".

„Ja. Gefällt mir". Schmunzelnd schaute er in ihr Gesicht. „Ich wusste garnicht, dass es so viele unterschiedliche Formen der weiblichen Brust gibt". Mit einer Hand fasste Rosalie in ihr Bikini-Oberteil. „Du meinst ausser Hängetitten, wie meine".

„Jetzt hör' aber mal auf. Dass du jetzt die letzten Tage so oft betont hast, dass du Hängetitten hast. Oder 'ne ausgeleierte Fotze. Das stimmt doch alles gar nicht". „Ne? Was denn? Was stimmt denn?" Ihre Hände greifend, sie ganz fest anschauend, wollte ich es mit meinen Worten erklären. „Ist doch irgendwie klar, oder? Du hast zwei wundervolle Kinder zur Welt gebracht. Dass dein Körper nicht mehr ist wie der von einem Teenie ist doch wohl klar, oder? Ich liebe dich. Ob schlabberig oder ausgeleiert – wie du sagtst - oder nicht. Ich liebe dich. Verstehst du das?"

Gerade als wir uns innig küssten - „bezüngelten" - kam Juliette zurück. „Ähem …" räusperte sie sich. „Könnt ihr nicht warten?" Sie grinste breit. Setzte sich auf den gegenüberliegenden „Zweisitzer". „Mama, ich hab' Hunger". Griff zur Menukarte. „Was gibt es denn hier?" Rosalie sah sie an. „Und noch was junge Frau. Man setzt sich – als Frau - nicht so breitbeinig hin. Erst recht nicht wenn man nur einen Bikini anhat. Oder willst du, dass dir jeder zwischen die Beine glotzt?" Verlegen schlug Juliette die Beine übereinander. „Ne".

Rosalie hatte Louis geholt, vorher aufgetragen einige Broodjes zu ordern, für alle, nicht nur für Juliette. Louis hatte Hunger, wie unschwer zu erkennnen noch mehr als seine Schwester. Für ihn war der „Kid's Beach" ein Traum, ein Spielplatz wie ihn sich ein Kind wahrscheinlich erträumte. „Du bist aber ganz schön durchgefroren. Warst du jetzt die ganze Zeit im Wasser?" Louis nickte. „Bleiben wir noch?" „Wenn du möchtest? Klar" bekräftigte Jürgen seinen Wunsch. „Aber vorher trinkst du was. Eine warme Chocomel. Okay?"

Rosalie sah Jürgen an. „Und der Papa garantiert noch ein Bier, oder?" „Jepp". „Du kannst – du darfst sowieso schon kein Auto mehr fahren". Damit hatte sie genau so Recht wie mit seinem Wunsch nach einem weiteren Bier.

Ganz kurz fiel Jürgen ein wie er den Volvo in die Parklücke eingepasst hatte. Hoffentlich waren nachher ein paar Autos weniger um uns herum geparkt. Rosalie würden sonst garantiert kotzen, dass er die Karre so in die Lücke gepresst hatte.

„Ich geh' dann jetzt auch mal schwimmen. Bleibt ihr denn hier?" Schon der Versuch seine Hose auszuziehen fiel Jürgen nicht ganz so leicht. „Willst du dich hier umziehen? Blank ziehen? Vor den ganzen Leuten? Vor Juliette?" Rosalie sah ihn streng an. „Du gehst nicht ins Wasser. Du hast schon zu viel getrunken. Nachher kriegst du noch 'nen Herzkasper. Und erst recht nicht ziehst du dich hier nackt aus. Das ist ein Spielplatz".

Rosalie zog Jürgen wieder in das Sitzmöbel. Flüsterte mir ins Ohr. „Das könnte dir so gefallen, oder? Hier vor den ganzen Weibern deinen Pimmel rausholen". Sie biss ihm ins Ohrläppchen. „Der gehört mir. Mir alleine". Juliette fragte ganz neugierig „Was hast du da geflüstert?" „Nichts. Nur dass er nicht ins Wasser gehen soll". „Haargenau. Haargenau das hat sie gesagt". Jürgen grinste. „Und Mama ist nun mal der Boss".

Rosalie war aufgestanden. „Ich geh' mal zu Louis". Sah Jürgen an. „Und du ziehst dir mal die Hose wieder hoch". Grinste von einem Ohrläppchen zum anderen.

„Törrööö"

Erst als Rosalie ausser Hörweite war verpasste Juliette mir einen Spruch, der mir die Sprache verschlug. „Du kannst auch mal deine Beine zusammen machen". „Bitte?" Ja, oder willst du, dass jeder dir zwischen die Beine schaut". Ihr Grinsen wurde breiter und breiter. „Auf deine Eier glotzt?" Ihr Grinsen war zu einem leichten Lachen geworden. „Die hängen dir schon ganz schön runter". „Juliette". „Ja, hab' ich schon gesehen. Deinen Pimmel. Und deine Eier. Nicht jetzt. Aber hab' ich schon gesehen. Deine Eier hängen ganz schön".

Sie legte sich seitlich auf die Couch, lachte sich sichtlich amüsiert schlapp. Steckte Jürgen mit ihrem Lachen an. „Du bist 'ne richtig …". Weiter lachend kam ihre Frage. „Ja? Was genau?" „Du bist ne richtige blöde Drecksau". Anscheinend hatte sie das noch mehr zum Lachen angestachelt. „Deswegen heisst das bestimmt auch alter Sack". Hielt sich mit den Händen den Bauch vor Lachen.

„Soll ich das Mal deiner Mutter erzählen, was du so von dir gibst?" Juliette lachte weiter. „Lass' mich doch auch mal Spass haben Mann. Und manchmal, wenn du in Unterhose rumläufst, hängen die Eier schon mal raus". Sie lachte erneut. „Oder zumindest eines". Juliette prustete vor Lachen. „Du hast sogar unterschiedlich grosse Eier".

Ihr Böse zu sein oder wie auch immer man des jetzt nennen wollte konnte Jürgen nicht wirklich. Sicherlich war er auch mit daran schuld, weil er es eben mochte Boxershorts zu tragen. Auf Möbeldesign oder Stuhldesign übertragen konnte man das ja auch „Frischwinger" nennen. Also die Boxershorts, die die Genitalien nicht so einquetschten. Und mit den unterschiedlich grossen Eiern hatte sie übrigens Recht. Das war tatsächlich so. Sein linkes Ei war grösser.

Er rutschte zu ihr auf den Zweisitzer herüber. „Das bleibt unter uns, okay? Ich sag' nichts zu Mama zu deiner Knutscherei –

oder war da schon mehr? Mehr als Knutschen? Was Mama dich gestern gefragt hat. Sex?" „Das war vorgestern, nicht gestern". „Dann vorgestern eben. Also, hast du schon was mit Jungs? Und du sagst nichts mehr über meine Eier. Und übrigens nennt man das Hoden – und Hodensack. So, und jetzt wieder normal, oder? Oder?"

Juliette räusperte sich mehrmals. „Ja, ist klar. Und nein, da ist nicht mehr. Mit Jungs. Kein Sex. Bisschen knutschen. Bisschen fummeln. Aber immer angezogen". Mit leichtem Grinsen sah sie Jürgen an. „Ist das denn bei allen Männern so?" „Juliette. Kein Wort mehr. Klar?" „Sorry".

Rosalie und Louis waren zurück. Rosalie hatte klar gemacht, dass wir bald den Strand verlassen würden. Sie hatte Louis in ein wärmendes Handtuch eingepackt, ihn fest an sich herangekuschelt, bei der Bedienung nochmals warme Chocomel und Broodjes geordert. „Der Junge braucht was zu essen". Wie Recht sie hatte. Louis ass gierig und hastig. Ein Broodje, ein weiteres. Trank den warmen, wärmenden Kakao. „Jetzt besser mein Süsser?" Gab es eine bessere Mutter als Rosalie? Während er die beiden betrachtete manifestierte sich die Antwort in seinem Kopf. „Wohl kaum – für unsere Kinder sowieso nicht". Das stand fest.

„Albertplein" – das hatte er sich gemerkt. Hier hatten sie geparkt. Und über diese Strasse gelangten sie auch direkt ins Zentrum, zum so genannten „Goldenen Shopping-Dreieck" - Lippenslaan, Dumortierlaan und Kustlaan. Juliette hatte den passenden Ausdruck gefunden, den sie jetzt ihrer Mutter zu verstehen gab. „Jetzt ist Fun-Shopping angesagt - aus purer Lust am Bummeln und Einkaufen. Was sagst du?"

Vor ihnen tat sich ein Einkaufsparadies auf. Insbesondere für die beiden Damen, die jetzt eher wie zwei gute Freundinnen an den Schaufenstern vorbei schlawenzelten. Von den angesagten Modemarken und Fashion-Labels über kleinere Boutiquen, Frisiersalons, Elektronikmärkten,

Juwelieren, Spielwarengeschäften, … Es war einfacher zu sagen was es nicht gab.

Aber auch für den kleinen bis grossen Hunger gab es reichlich Auswahl. Allerdings gab es kaum belgische Fritten-Buden, sondern vor allem große und hochwertige Fischrestaurants, die edel zubereitete Speisen anboten. Kleine Bistros mit gemütlicher Atmosphäre, einem angenehmen, leicht verschlafenen Flair. Vor allem aber eines stand im Fokus der Restaurants - das belgische Nationalgericht Muscheln.

Für Jürgen war das sehr schnell klar – „Wir gehen auf jeden Fall Muscheln essen. Auf jeden Fall". Da würde er überhaupt weder Zweifel noch Widerspruch gelten lassen. Das sollte sicher noch eine Weile bis dahin sein. Jetzt war erst einmal „Schaufensterbummel" angesagt. Der sollte, durfte aber auch nicht zu sehr ausufern, ein wenig Rücksicht war schon auf Louis zu nehmen. Der Junge hatte sich total „ausgepowerd" an der „Kid's Beach". Sehr bald hatte Jürgen ihn auf den Arm genommen. „Komm' mal her, mein Schatz. Papa trägt dich". Setzte ihn auf seine Schultern.

Es kostete Jürgen einige Mühen Juliettes Bitten etwas kaufen zu dürfen abzuwehren. Auch ihr gleichzeitig mit der Verneinung verständlich zu machen, dass erstens schon zweimal Shopping angesagt war – und zweitens es doch etwas Besonderes bleiben sollte, keine Selbstverständlichkeit sich etwas Schönes zu kaufen. Zum Glück bekam er die volle Rückendeckung von Rosalie, die es einfacher auf den Punkt brachte. „Schaufensterbummel war besprochen, von Kaufen war nicht die Rede".

Erleichtert und erstaunt zugleich nahm Jürgen Juliettes Reaktion wahr. Hätte auch schnell in ein kleines bis mittleres Drama ausufern können. Aber nein, sie verstand es wohl. Zumindest machte das den Eindruck auf ihn.

Sie nahm Rosalie an die Hand, bummelte weiter mit ihr an den beleuchtenden Auslagen entlang. Immer mal wieder lang davor stehen zu bleiben und hineinschauend.

Rosalie schaute mich an. „Louis schläft. Auf deiner Schulter. Hast du das mitbekommen?" Was für eine Frage. Das war allein anatomisch schon gar nicht möglich. Wie sollte er etwas wahrnehmen, dass sich über seinem Kopf, ausserhalb seines Sichtfeldes abspielte? „Dann lass' uns in ein Café oder Restaurant etwas essen gehen. Da können wir ihn irgendwo auf eine Sitzbank hinlegen. Der muss ja jetzt nicht wie ein Sack auf mir hocken". Juliette begann zu kichern. Rosalie sah sie an. „Was ist?" Leise antwortete Juliette „Wie ein Sack. Das ist lustig". Mit gerunzelter Stirn sah ich sie an. Sie verstand meinen Blick sofort.

„Dann gehen wir aber am Besten direkt Richtung Auto" entschied Rosalie. Machte Sinn.

Unterwegs stach Jürgen eine grosse Werbetafel ins Auge, die ihn ansprach, anzog. „All you need is a good dose of vitamin sea". Die Fotos von Muscheln und Austern riefen seine Gelüste wach. Gelüste auf Muscheln. „Da gehen wir jetzt hin". Die Adresse „Zeedijk Knokke" tat seinen Teil dazu. „Wo ist das denn?" Jetzt konnte Jürgen Rosalie ja nicht in irgendeiner Form anfassen. Weder an der Hand noch am Arm, noch sonst wo. Er musste Louis auf seinen Schultern sitzend festhaltend. „Da waren wir vorhin schon. Das Kinderparadies war genau da, am Zeedijk Knokke".

Nach dem Betreten bot sich uns ein überwältigender Blick von einer ausladenden Terrasse über den Strand und das Meer. Ein sehr gediegenes Lokal. Eine Mischung aus warmen Holztönen und moderner Beleuchtung bestimmte die Einrichtung. Mit schwarzem Leder bezogene Bänke und Stühle bildeten hinter halbhohen Holzwänden beinahe so was wie „Separees" für die Gäste. Auf den Tischen standen kleine zylindrische Lampen, die ein warmes, fast intimes Licht spendeten. Ein Kellner empfing uns direkt am Eingang. „Bonjour".

Jürgens erste Frage galt ob es erlaubt sei, dass er Louis auf einer der Bänke zum Schlafen hinlegen könnten. Er sah mich an. „Excusez-moi monsieur, on parle français ici" war seine Antwort. „Was?" Rosalie kannte Jürgen genau. Wenn er so, in dem jetzt gerade geäusserten Ton mit jemand redete, auch wenn es nur dieses kurze Fragewort war, hatte er den Kaffee schon auf. „Ich mach' das, ich rede mit ihm". Rosalie bat ihn exakt um das Gleiche, nur auf Französisch. So gerne ich sie auch Französisch reden hörte, wir waren in Belgien, in Flandern.

„Also, du blöder Froschfresser. Was laberst du mich hier voll?" Genau das wollte Jürgen am Liebsten gesagt haben, tat es aber aus mehreren Gründen nicht. Zum einen um nicht schon wieder aus einem Restaurant zu fliegen. Dann um kein „Theater" zu machen. Um meine französische Familie nicht zu brüskieren – er würde sie ja auch pauschal in die Riege der „Froschfresser" mit einbeziehen. Und last, but not least wollte er Louis irgendwo sanft hinlegen.

So aber entpuppte sich alles als äusserst unkompliziert. Der Kellner wies einen Platz an, brachte sogar eine Decke für Louis. Erst dann fragte er nach unseren Getränkewünschen, legte die Speisenkarte auf dem Tisch ab. Jürgen rutschte ein kleines Stück an Rosalie heran. „Was heisst Schwanzlutscher auf Französisch?" Sie schlug ihm auf den Oberarm. „Das sag' ich dir nicht. Spinnst du? Und wehe du sagst überhaupt irgendwas. Egal in welcher Sprache".

Die Speisenkarte war zweisprachig gehalten. Französisch und Niederländisch. Was also sollte die ganze Scheisse? Dafür aber umso überschaubarer. Rosalie gab ein paar Erklärungen für Juliette, die hier und da nachfragte was das denn genau sein. Zum Beispiel „Asperges au Saumon fumé d'Ecosse". Spasserhalber las Jürgen ihr das auf Niederländisch vor. „Asperges met zacht gerookte Schotse zalm". „Und das heisst jetzt genau?" Auf Deutsch klang das direkt viel schlichter. „Spargel mit Räucherlachs".

Vor der Bestellung war Rosalie zu Louis herüber gerutscht, weckte ihn sanft auf. „Hallo kleiner Mann. Möchtest du auch etwas Essen?" Er brauchte einen Moment um sich zu orientieren. „Wo sind wir denn?" Ganz sanft küsste Rosalie ihn auf die Wange. „In einem Restaurant. Hast du Hunger? Magst du was essen?" Louis richtete sich auf. „Erst was trinken".

In einwandfreiem Französisch erkundigte sich Rosalie beim Kellner nach „Kinderteller". Also sowas wie Spaghetti Bolo oder Pommes mit Ketchup. „Pommes de terre? Oui Madame". Rosalie bestellte für uns alle, nachdem sie unsere Wünsche abgefragt hatte. Jürgen war ja immer noch „Redeverbot" auferlegt.

„Crabe Royal, grillée au beurre Blanc, Riz sauvage. Rib Eye Black Angus grillée, Jus de Veau. Moules à la Flamande, Pommes de terre" gab Rosalie die Bestellung auf. „Kannst du bitte noch Wein bestellen? Weisswein. Zu den Muscheln". Rosalie gab es dem Kellner durch.

Wie schwachsinnig. Stand der Typ doch direkt neben uns am Tisch. Egal. „Une bouteille de vin blanc s'il vous plait". „S'il vous plait" wiederholte Jürgen. Rosalie versetzte ihm unter dem Tisch einen Tritt. „Avec plaisir madame". Auch das wiederholte Jürgen, äffte den Kellner sogar ein wenig nach - trotz Tritt. Konnte sich ein hämisches Grinsen nicht verkneifen. „Avec plaisir madame".

Es war deutlich nach elf Uhr, als sie in Cadzand, im Apartment angekommen waren. Rosalie hatte chauffiert, da Jürgen sich mal locker die Flasche Weisswein zum Essen reingezogen hatte. Dabei mehr als einmal „Une bouteille de vin blanc s'il vous plait" wiederholt hatte. Und sich dabei wohl am meisten selbst darüber amüsiert hatte.

Jetzt gab es nur noch eine Anordnung. „Zähneputzen und ab ins Bett. Alle". Juliette fragte sicherheitshalber nochmals nach. „Alle?" „Ja, alle".

Rosalie zog Jürgen ins Bad. „Du auch. Für heute reicht's". „Und Geschichte?" fragte Louis mit der Zahnbürste im Mund. „Du kannst dir noch eine Cassette anhören. Benjamin Blümchen".

„Törröö" machte Jürgen das Geräusch, den Auftakt einer jeden Hörspiel-Cassette, nach.

168
JAN VAN RENESSE

„Fahr' mal runter"

„Wollen wir heute vielleicht eine Bootstour machen? Ich meine so richtig? Über's Meer fahren?" „Über welches Meer? Was hast du denn vor?" fragte Rosalie nach. „Über das was wir hier sehen. Die Nordsee. Nach Holland rüber". Jürgen zeigte mit der Hand durch die Fensterscheibe auf die glatt und ruhig vor dem Apartment liegende Nordsee. „Hä? Ich denke wir sind in Holland?" Zum Balkon gehend wies Jürgen Richtung Horizont. „Rüber nach Zeeland, auf die nächste Insel".

Um das, insbesondere den Kindern näher zu erklären nahm er eine der Reisebroschüren vom Küchenschrank, auf dem eine Landkarte der Niederlande abgebildet war. „Hier, das sind alles Inseln. Mehr oder weniger. Durch Dämme verbunden".

„Ist es denn schön da, auf Zeeland? Wie weit ist das denn entfernt? Was denn für ein Boot? Und kennst du da was?" Ausschweifend berichtete Jürgen von Zeeland im Allgemeinen, aber von Vlissingen, das war ja die nächste Hafenstadt im Besonderen. Rosalie schob die Prospekte auf dem Küchentisch zusammen. „Habt ihr Lust dazu, Kinder?"

In Breskens waren sie bereits ein paar Tage zuvor, hatten sich schon einges dort angesehen. „Dann fahren wir direkt zum Veerhaven, oder? Das ist da wo wir an dem Atlantik Mahnmal waren, erinnerst du dich?"

„Nö, ist aber nicht so wichtig. Du kennst dich ja aus". Rosalie hatte die Kinder aufgefordert sich entsprechend anzuziehen. „In jedem Fall Jacke oder Pullover mitzunehmen. Besser noch beides".

Auf dem Gelände der Fährgesellschaft konnte man kostenlos und bewacht parken. Autos waren auf der Fähre nicht zugelassen. Nur Fussgänger und Fussgänger mit Fahrrädern.

Die Fähre von Breskens nach Vlissingen verkehrte im 45 Minuten-Takt. Pro Person betrug der Preis für die einfache Fahrt vier Euro, für Louis, weil er jünger als elf Jahre war, lediglich drei Euro.

Mit dumpfem Stampfen lief die Fähre langsam aus dem Hafenbecken heraus. Erst nach einigen Minuten Fahrt merkte – und hörte man - wie der Schiffsdieselmotor langsam auf volle Leistung hochgefahren wurde.

Die Überfahrt war ein Erlebnis – in jeder Hinsicht. Mit Louis hatte Jürgen sich an die Reeling gestellt. Die Matrosen der Fähre liefen vorbei, grüssten freundlich. „Hoi". Möwen flogen neugierig vorbei, Schiffe die sonst so klein und gewöhlich aussahen, „segelten" nun ganz dicht an uns vorüber. Liessen ihre Schiffshörner zum Gruss dunkel ertönen. Für Louis ein tolles Erlebnis, waren sie doch „in Echt" so viel grösser als er sich das wahrscheinlich jemals vorgestellt hatte.

Etwa dreissig Minuten später legten wir in Vlissingen an. Unser erster Weg führte zur VVV, zur Tourist-Information. Wie Jürgen es sich schon vor Jahren angeeignet hatte – was sich im Übrigen auch immer als „feine Sache" herausgestellt hatte – wollte er einen Stadtplan. Einfach um sich besser orientieren zu können. Schräg gegenüber der VVV lag das Museumschiff „Mercuur", ein ehemaliges niederländisches Marineschiff.

Als ozeanisches Minenräumboot „Hr. Ms. Onverschrokken" kam es 1954 von den USA in die Niederlande. Später zu einem Torpedozerstörer umgebaut, und ab da unter dem Namen „Hr. Ms. Mercuur" bis 1987 im Einsatz. Das wusste Jürgen aber nur zu berichten, weil er es an der Tafel am Anleger ablesen konnte.

„Papa, warum kannst du das lesen? Warum verstehst du das? Was ist das überhaupt für eine Sprache?" Louis sah Jürgen erstaunt an.

„Das ist Holländisch, nein, das ist Niederländisch. Weil ich hier mal gewohnt habe. Und auch gearbeitet". „Hier? Hier im Hafen?"

Relativ unkompliziert konnte er Louis erklären, dass er natürlich nicht hier im Hafen, sondern in einem anderen – in Rotterdam – gearbeitet hatte. Und auch ein wenig was genau seine Arbeit beinhaltete. „So wie du ja auch französich kannst, so kann ich eben holländisch". Louis' fragende Augen blickten Jürgen an. So richtig hatte er wohl doch nicht folgen können. Das machte aber gar nichts. Mit seinen knapp acht Jahren hätte er noch alle Zeit der Welt um vieles verstehen zu lernen.

„Eins ist aber klar mein Sohn. Wir sind alles – nur keine Deutschen. Du, Juliette und Mama – ihr seid Franzosen, ich bin Belgier". Er sah zu mir auf. „Wo ist Belgier?" Schmunzelnd, amüsiert erklärte Jürgen ihm, dass das Land Belgien heisse. „Das ist da wo wir auf dem Superspielplatz waren. Dem Kid's Beach. Knokke, das liegt in Belgien". „Und wo wir wohnen?" „Wir wohnen in Deutschland, aber wo wir jetzt wohnen, im Urlaub, das heisst Niederlande".

Natürlich wollten wir an Bord des Kriegsschiffes, wo wir sowieso schon davorstanden. Rosalie fand es nicht so toll, war sie generell gegen Krieg und allem was damit zu tun hatte. Eher skeptisch, ja sogar negativ gegenüber. Lediglich ihren Spruch „Diese Scheiss Amis" musste Jürgen dann doch korrigieren. „Das ist ein Schiff der niederländischen Kriegsmarine". Was aber augenscheinlich auf sie keine Änderung ihrer Sichtweise brachte. „Das ist egal. Das sind alles Schweine. Alles Mörder".

Sich auf eine Diskussion mit ihr zu diesem Thema einzulassen war ihm zu müssig. Die Franzosen waren ja auch nicht unbedingt ein „unbeschriebenes Blatt" in kriegerischer oder militärischer Hinsicht. Also warum sollte ich das Thema „Grande Nation" anschneiden? Obwohl dieser Ausdruck eher deutscher Sprachherkunft war. Für die Franzosen hiess der

Stolz auf ihre Nation einfach nur „la republique". Das hatte ich häufig bei Besuchen in Frankreich gehört. „Viva la France. Vive la republique".

„Lass' uns bitte gehen. Meine Kinder sollen sich so einen Dreck nicht anschauen". Jürgen sah Rosalie an. „Deine Kinder? Wenn, dann unsere Kinder". „Ja. Dann eben unsere Kinder. Lass' uns bitte gehen". Einen kleinen Seitenhieb in Form von „Oui mon General" konnte Jürgen sich nicht verkneifen - den Rosalie direkt mit „Du blöder Arsch" konterte.

„Und jetzt? Was machen wir jetzt?" Juliette hatte die Fragestunde eröffnet. „Wir haben ja nicht mal ein Auto, können nirgendwo hin".

Das war einerseite richtig, andererseits aber auch nicht. Um Vlissingen zu erkunden brauchte man eigentlich kein Auto. „Weißt du überhaupt was Vlissingen so alles zu bieten hat? Hä? Weißt du das? Hör' mal bitte rumzumeckern" nahm Jürgen Juliette nett umarmend um die Hüfte.

„Neben der Lage am Meer hat Vlissingen jede Menge zu bieten. Die lange Strandpromenade – übrigens die längste der Niederlande – tolle Strände. Hunderte von historischen Bauwerken, die den unnachahmlichen typischen Meerescharakter prägen, maritimes Flair im Jachthafen, der übrigens mitten im Zentrum liegt". Er hatte gar nicht bemerkt wie er sich in Fahrt, leicht in Rage geredet hatte, auf Juliette einquatschte. „Und? Wie kommen wir da überall hin?"

Leicht fasste er Juliette am Oberarm, drehte sie von der Seeseite weg, in Richtung Stadtmitte. „Siehst das da vorne? Das ist ein Fahrradverleih. Da gehen wir jetzt hin. Leihen uns Fahrräder aus. Damit kommen wir überall hin". Rosalie zog Jürgen leicht zurück. „Fahr' mal runter. Sie hat doch nur gefragt. Das kannst du auch anders sagen".

Sie hob auffordernd ihren Kopf ein Stück hoch, was er sofort verstand. „Sorry, das war nicht so von mir gemeint. Wir leihen uns Fahrräder und erkunden Vlissingen. Das wollte ich eigentlich sagen". Juliette grinste. „Ist schon okay. Aber hättest du ja auch direkt so sagen können".

Direkt am Hafen, am Boulevard de Ruyter konnten sie Fahrräder ausleihen. Selbst für Louis gab es eine passende Gazelle. Ein zwölf Zoll Kinderfahrrad. Klar, Sattel und alles musste für ihn noch angepasst und eingestellt werden. Der Verkäufer war so freundlich und geduldig, verstellte ein ums andere Mal Sattelhöhe und Lenkstange. Dann aber sass alles. „Fahr' doch mal ein Stück, ob wirklich alles gut ist".

Louis war noch nicht so sicher, konnte aber schon Fahrrad fahren. Mit seiner grossen Gazelle stellte Jürgen sich neben ihn. „Wir fahren ja keine Tour de France. Also schön langsam und vorsichtig. Ich bin immer direkt hinter dir".

Um sich einzugewöhnen fuhren sie zuerst den Boulevard, die lange Promenade entlang. Das anfängliche Wackeln bei Louis war schnell verschwunden. Der Spass kam auch bei ihm auf. Mehr und mehr. Schön zu sehen.

174
JAN VAN RENESSE

„Die Schnecke"

Eine gute halbe Stunde waren wir bereits unterwegs. Jürgen überholte Louis. „Wir machen eien kleine Pause". Machte eine unterstützende Handbewegung, die zum ausrollen aufforderte. Hielt an.

Die Fahrräder hatten sie an der Promenade abgestellt und abgeschlossen, spazierten jetzt runter zum kilometerlangen Strand. Die Kinder waren bereits auf den breiten feinsandigen Streifen des Strandes vorausgelaufen. Jürgen nahm Rosalie etwas beiseite. „Ich muss dir was erzählen. Aber …". „Aber was denn?" Er nahm ihre Hand, sah ihr fest in die Augen. „Du versprichst mir vorher hoch und heilig, dass du kein Wort darüber verlierst. Aber auch nicht eines". Rosalie sah ihn an. „Oha, ein Geheimnis". „Sowas in der Art".

Ohne grosse Umschweife kam Jürgen auf das Gespräch zwischen Juliette und ihm. Im „Kid's Beach" in Knokke. Wo es sich um seine, wie Juliette gesagt hatte, schlaffen Eier drehte. Rosalie grinste. „Bestimmt hat sie dich schon nackt gesehen. Garantiert auch mehr als einmal. Wir turnen ja gelegentlich auch nackt durch die Wohnung. Und solange du das nicht extra machst. Oder mit Hintergedanken". „Wie extra? Was für Hintergedanken?" „Ja was wohl? Deinen Pimmel zeigen. Was für Hintergedanken?" Leicht griff sie Jürgen an den Hintern, gab ihm einen Klapps. „Sie ist doch ein junges Ding. Das reizt doch jeden Mann". Sie lächelte. „Stramme Kiste hast du ja noch, aber - da hat Juliette ja auch Recht. Deine Eier hängen schon ganz schön. Du bist ja jetzt auch nicht mehr der Jüngste". „Bitte?"

Amüsiert grinste sie noch breiter. „Noch nicht bis an die Kniekehlen, aber die hängen einfach. Besonders eines. Fertig". Wortlos sah Jürgen sie an. „Ist doch kein Problem. Das ist das Alter. Meine Brüste hängen – und dein Sack hängt. Da passen wir doch perfekt zusammen". „Meinst du das jetzt ernst? Mit dem Zusammenpassen? Oder wie?" „Ja. Beides. Wir passen doch irgendwie zusammen. Oder warum sind wir sonst hier? Machen Urlaub zusammen? Aber … Dein Sack ist sogar ein wenig runzelig". Rosalie sah ihn an. „Geworden. Früher war das anders. Bei mir … bei meinen Titten ja auch". Rosalie lachte kurz. „Nicht runzelig. Aber schlaff. Die hängen eben".

Sie nahm seine Hand. „Aber keine Bange, ich sage nichts zu Juliette. Das ist mir klar, dass sie dir auf die Eier, auf deinen Pimmel glotzt. Sie ist ein Teenie, die langsam zur Frau wird. Und irgendwann hat auch sie Hängetitten. Und ihr Freund oder Mann dann auch ausgeleierte Klöten. So ist das eben. Also was genau ist dein Problem? Dass sie dich nackt gesehen hat? Oder das gesagt hat?"

„Warst du auch so? Als junges Ding?" wollte Jürgen von Rosalie wissen. „Ich weiss nicht. Nicht mehr. Ich glaube mit dem ersten Pimmel den ich angefasst habe wusste ich nicht mal richtig was anzufangen. Was macht man mit so einen Teil, dass bedrohlich nach oben zeigt?" Rosalie grinste. „Das hat sich zum Glück geändert".

En wenig anders hatte Jürgen sich das Gesprächsthema schon vorgestellt. Wie genau wusste er jedoch nicht. Aber so wie gerade jedenfalls nicht. „Pff". Vonwegen hängende und schrumpelige Eier. Das war es garantiert nicht, was er erwartet hatte. In jedem Falle hatte er sich von der Seele geredet was er loswerden wollte. Ob er jetzt als Bestätigung hören wollte, dass sein Hodensack schlaff daher hänge wagte er mal zu bezweifeln.

Die Kinder waren dabei Stöckchen und Steine ins Meer zu werfen. Rosalie fasste um seinen Hals. „War es das? Oder kommt noch was Wichtiges?" Beugte sich zu seinem Hals, biss ihm ins Ohrläppchen. „Aua. Spinnst du?" Sie war aber schon losgerannt. Runter zum Wasser. Rief den Kindern zu „Schnell. Weg. Der Papa muss uns fangen".

Jetzt einfach eines der Kinder „zu fangen" war weder gerecht, noch sein Ansinnen. Er wollte Rosalie einholen. Ebenso wie sie rief er laut „Wen ich kriege den schmeiss' ich ins Wasser". Laut rufend rannten sie los, ein jeder in eine andere Richtung. Schnell hatte er Rosalie eingeholt, fasste um ihre Hüfte und unter ihre Kniekehlen, hob sie hoch. „Jetzt bist du fällig".

Mit beiden Händen drückte sie gegen seinen Brustkorb. „Wehe. Dann den Kopf leicht abgewendet zu den Kindern. „Der will die Mama ins Wasser schmeissen. Hilfe. Rettet mich". Ein paar Mal drehte Jürgen sich mit ihr auf den Armen im Kreis, dann fielen sie in den weichen Sand. Die Kinder sprangen auf sie drauf. Ein kleiner Haufen lachender und kreischender Menschen. „Lass' die Mama los".

Wild, aber dennoch vorsichtig – um keinem Weh zu tun – kugelten sie übereinander. Jürgen sah zu Louis. „Okay. Nicht ins Wasser. Aber dann auskitzeln. Los. Alle auf Mama". Rosalie konnte sich nicht erwehren. Wollte es auch gar nicht erst.

Sie liefen ein ganzes Stück den Strand entlang, sich immer wieder neckend. Rosalie lachte. „Euer Vater ist verrückt".

Ruckartig machte Jürgen einen Schritt nach vorne, auf Louis zu. „Jetzt bist du dran". Er rannte los, blickte sich ein-, zweimal um, strauchelte, stand wieder auf, rannte weiter über den Strand. Blieb kurz stehen. „Du kriegst mich nicht. Du lahme Ente. Fang' mich doch".

Natürlich war es Jürgen „unmöglich" Louis einzufangen. Er lief zu Rosalie, klammerte sich an ihre Beine, rief erneut „Fang' mich doch, du lahme Ente".

Etwas weiter den Strand runter war ein Pavillion zu erkennen, der auf einer kleinen Mole, einer Landzunge hervorragte. Weisse Segel umspannten eine fast umlaufende Terrasse. Das sah richtig einladend aus.

„Wollen wir da mal was trinken?" Rosalie zeigte in die Richtung, weg vom Hafen. „Aber da fahren wir dann mit den Fahrrädern hin". Juliette zeigte auf die Promenade, wo wir die Fahrräder abgestellt hatten.

Vor dem Lokal war ein grosser Fahrradparkplatz, der auch schon von einem gut besuchten Lokal zeugte. Vor dem Lokal - vor der Terrasse – waren einige Strandkörbe postiert. Zum Strand öffnete sich das Lokal halbrund zum Strand, mit Blick auf's Meer. „Boah, das ist ja voll cool hier". kleidete Juliette ihr Erstaunen in Worte. „Können wir hier rein gehen? Hier was trinken? Ein bisschen chillen?" Etwas trinken, eine Weile ausharren – das war sicher kein Thema. Aber chillen? Was auch immer das für sie jetzt bedeutete. Ewig abhängen nicht. „Aber nicht zu lange. Wir sind ja noch nicht so lange hier, haben ja kaum was gesehen" entschied Rosalie.

*****

Wir bestellten uns Getränke, ich musste dringend zur Toilette gehen. Stellte mich in dem Vorraum vor die Handwaschbecken. Alibimässig drehte ich den Wasserhahn auf, zog meine Hosen herunter, ging soweit zurück bis ich meinen Unterleib in einem der Spiegel betrachten konnte. Nahm meinen Hodensack in die Hand. „Jepp, ein bisschen schlaff ist der schon" musste ich mir eingestehen. Hielt jetzt mit einer Hand meinen Pimmel etwas hoch, mit der anderen schob ich die Eier nach oben, liess sie wieder los. Schaute in den Spiegel, drehte mich zur Seite. Mal nach links, mal nach rechts. „Verdammt, es stimmt. Du hast Hängeeier".

Der leise Ausspruch liess mich selber grinsen. Leicht senkte ich meinen Kopf, sprach jetzt mit meinem Geschlechtsteil. „Bist ein richtig alter Sack geworden". Grinste wieder mein Spiegelbild an. „Du alter Sack".

Nach dem Händewasche verliess ich den Toilettenraum. „Gut, dass das jetzt keiner mitbekommen hat" hörte ich mich denken.

$$*****$$

Aus einem Wandregal nahm Jürgen auf dem Rückweg auf die Terrasse noch eine Tageszeitung - „Algemeen Dagblad" - mit nach draussen. Endlich mal wieder ein wenig in einer holländischen Tageszeitung „schmökern". Wie lange war das jetzt her? Wie sehr hatte er das geliebt.

Beinahe das komplette Halbrund der Terrasse schritt er ab bevor er „Seine Drei" in einer Lounge-Ecke sitzen sah. Eine Bestellung hatten sie nicht nur bereits aufgegeben, sondern tranken auch bereits ihre Erfrischungsgetränke. Rosalie sah kurz auf. „Ich wusste nicht was du trinken möchtest, daher habe ich auch nichts geordert". „Kein Problem. Ich bestell' mir schnell einen Kaffee". Das war das richtige Getränk zur Tageszeitungslektüre. „Ihr könnt' auch gerne runter zum Wasser gehen" liess Jürgen die Kinder wissen, ergänzt um den Hinweis, dass er gerne ein halbes Stündchen lesen wolle. „Dann wartet, ich komm' dann mit euch". Rosalie schaute zu mir. „Du willst deine Ruhe, stimmt's?"

Die Zeitung hatte er bereits aufgeschlagen, nickte ihr zu. „Danke meine Schnecke". Rosalie beugte sich ganz leicht zu ihm herunter. „Weißt du wie lange du das nicht mehr zu mir gesagt hast?"

$$*****$$

Es war nicht das Wort „Danke", sondern sie mit einem Kosenamen zu bedenken. Das war mit ein Umstand der zu unserer „Entfremdung" geführt hatte. Meine Ignoranz, meine Gleichgültigkeit, meine mangelnde Dankbarkeit, fehlender Respekt ihr gegenüber. Mehr und mehr waren - von meiner Seite – die kleinen Azfmerksamkeiten erst weniger, dann komplett weg. Alles erschien für mich zu sehr „Selbstverständlich".

Ich war es der unser Zusammensein auseinander hatte driften lassen. Bis es mir schmerzlich bewusst wurde – und ich genau diesen Urlaub wollte. Um zu versuchen es zu kitten, was ich selbst zerbrochen hatte. Nicht um mich wieder in Rosalie zu verlieben, das war ich immer noch. Nein, um sie zu wertschätzen, ihr auch zu zeigen, dass ich sie liebte, respektierte.

Und auch vor wenigen Tagen, am Strand, hatte sie mir das mit einem verbalen Einlauf nochmals „ans Herz" gelegt.

*****

„Ich weiss. Leider weiss ich das. Und leider habe ich das vollkommen vergessen. Missachtet. Dich missachtet". Rosalie gab Jürgen einen Kuss auf die Stirn. „Du bist auf einem guten Weg".

„Vlissingen"

In der Tageszeitung hatte Jürgen ein interessantes Angebot gelesen, wollte es gerne den dreien zeigen. Darum fragte er freundlich am Tresen nach ob er sich die Seite aus der Zeitung heraustrennen könne. „Das geht nicht, sorry. Andere möchten die Zeitung ja auch noch lesen" lehnte die Bedienung seine Frage ab. „Das AD gibt es aber an jedem Zeitungskiosk".

Kurz dachte er darüber nach, trotz der Abfuhr, einfach die Seite herauszureissen, legte sie aber dann doch „komplett" in den Zeitungsständer zurück. Machte sich auf zum Strand. Zu seiner Familie, die mit nackten Füssen durch das seichte, immer wieder heranschwappende Meerwasser liefen, ihre Schuhe und Strümpfe in den Händen hielten. „Wollen wir weiter? Uns weiteres anschauen?"

Mit den Fahrrädern fuhren sie Richtung Stadtmitte. Aus dem Stadtplan hatte Jürgen ein paar Punkte herausgesucht, die er vorschlug zu besuchen. Das „Maritiem MuZEEum", „Cornelia Quack's Hofje", zum Abschluss in den „Jachthaven", um dort zu essen, den Tag abzuschliessen und wieder die Fähre nach Breskens zu besteigen. Um nicht einfach nur eine Auflistung vorzulesen zeigte er zu den ausgewählten Punkten jeweils etwas in dem Stadtführer-Blättchen. Jachthaven und Essen brauchte nicht speziell erklärt werden, das spach ja für sich.

Die erste Anlaufadresse, das MuZEEum, erreichten sie auf dem Boulevard, am Strand entlang radelnd, nach etwas mehr als zwanzig Minuten. Gut, es waren vielleicht maximal drei Kilometer, aber das war für Louis ja schon eine gute Strecke. Wie versprochen fuhren sie langsam, sehr langsam. Immer bei ihm bleibend. Er bestimmte das Tempo.

Untergebracht in einem typischen Kaufmannshaus bot das Museum Interessantes und Wissenswertes. Dass Wasser Zeeland geformt hatte, Arbeit brachte. Wie den Schiffsbau oder die Lotsen, die die Schiffe durch die Gewässer „lotsen", zum Teil bis runter nach Antwerpen, den Schutz des Landes vor Hochwasser – für die Niederlande ein ganz wichtiger Aspekt. Wie wichtig sagt ja schon der Name „Niederlande". Hinweistafeln erklärten vieles, Jürgen las alles ab und übersetzte es für die drei. Es war – für ihn - ein kurzzeitiges Abtauchen in die Vergangenheit und Gegenwart des maritimen Zeelands.

Aber eben nicht einfach nur „dröges" Museumswissen. Lustige und spannende Rätsel waren zu lösen, Interaktiv und virtuell waren Schiffe in den Antwerpener Hafen zu lotsen oder die Osterinseln zu entdecken, ein Schatz vom Meeresgrund zu bergen. Eine interessante, lehrreiche und kurzweilige „Unterrichtstunde, nicht nur für die Kinder. Sie konnten auf alle möglichen Arten erfahren was das Meer für die Zeeländer bedeutete und bedeutet.

Allerdings war es danach wieder „an der Zeit" an die Luft zu kommen, langsam aber sicher war zu spüren, dass trotz aller interessanten Informationen insbesondere bei Louis „Öde" aufkam. Auch dass es von der Uhrzeit her ein wenig vorangeschritten war hatte Jürgen zumindest nicht so auf dem Schirm. Früher Nachmittag bereits. „Mama, ich hab' Hunger". Allein diese Worte holten ihn zurück ins Hier und Jetzt.

„Klar mein Schatz, wir kaufen etwas zu essen. Irgendwas". Rosalie sah mich an. „Irgendwas. Die Kinder müssen irgendwas essen. Wir sind jetzt seit Stunden unterwegs". Gut, für Jürgen bedeutete „Unterwegs" etwas gänzlich anderes, aber um ihn ging es hier gar nicht. Unweit des Museums fanden sie ein „Eetcafé". Genau das Richtige. Auch das Angebot. Diverse „Broodjes" und andere Snacks.

Die Stärkung und auch die Pause generell taten gut. „Kulturprogramm" mit Kindern, besser gesagt Kind, ist schon was anderes. Kinder haben andere Interessen. Und erst recht als Erwachsene. Und Juliette schloss Jürgen jetzt mal in die

Begrifflichkeit mit ein. Während Louis genüsslich sein „Broodje Ei" verspeiste suchte Jürgen in dem kleinen Stadtplan den Weg zur nächsten Station, dem „Cornelia Quack's Hofje" heraus. Es schien ihm aber schon angebrachter die Fahrräder hier, am Hafen stehen zu lassen und einen kleinen Fussweg quer durch die Gässchen zu machen. Zu Fuss brauchten sie nur an der „Sint Jacobskerk" vorbei, dann wären sie schon fast da. Mit den Fahrrädern wäre ein grosser Bogen zu fahren.

„Cornelia Quack's Hofje" stellte sich dann erst recht für Louis als „öde" und langweilig heraus. Mehr als ein kurzer Rundgang war nicht angesagt. Nicht einmal was Jürgen von einer Bronzetafel vorlas wollte Gehör finden. „Okay, ich hab' verstanden". Er nahm Rosalie an die Hand. „Dann mach' du mal, macht ihr mal das Programm. Ja?"

„Dann lass' uns hier in der Stadt einfach noch ein bisschen schauen. Das mit den Fahrrädern war sicher eine gut gemeinte Idee von dir, Louis ist aber noch nicht soweit. Das dauert vielleicht noch zwei Jährchen bis er für eine Radtour bereit ist". Sie legte einen Arm um Jürgens Hals. „Du bist jetzt aber nicht böse? Oder beleidigt?" „Ach Quatsch, überhaupt nicht. Du hast das als Mutter einfach besser im Griff".

Letztendlich stellte sich aber für die „Ausflugsgruppe" heraus, dass sie einen gar nicht mal so ungüstigen Startpunkt für das „einfach ein bisschen schauen" hatten. Rings um das grosse Wohnstift waren Fussgängerzone – gleichbedeutend mit Shopping-Meile, und der „Oude Markt". Der erste Weg führte ins „HEMA", ein grosses Kaufhaus. An einer Rolltreppe war ein „Wegweiser" postiert.

„Dames". Das wusste Juliette sofort richtig zu deuten. „Damenmode". Das zu übersetzen konnte Jürgen sich schenken. „Das sind wir, also Louis und ich, hier" zeigte er auf den Schriftzug „[5]*Speelgoed*".

Eine ganze Weile schon waren Louis und Jürgen in der Spielwaren-Abteilung. Louis hatte sich aus einem Regal einige Autos in kleinen Pappschachteln, mit transparentem Frontdisplay, herausgesucht. „Kann ich das haben? Und das auch?" Hielt seinem Vater die Schachteln entgegen. Natürlich wusste Jürgen genau was er meinte, fragte aber dennoch nach. „Was meinst du mit *Haben*?" Louis sah ihn an, als wenn er sagen wollte „Raffst du gar nichts?"

„Kannst du mir das kaufen Papa?"

Auch Jürgen stöberte duch die Auslage mit den Automodellen, wurde auch fündig. „Wie findest du den denn?" wollte er von Louis wissen, hielt ihm das Modell eines Ford Mustang Cabrio hin. Louis nahm ihm die Schachtel aus der Hand. „Coole Karre". „Okay, dann kauf' ich den – für mich". Louis sah Jürgen an. „Spielst du auch noch mit Autos?" „Oh ja".

Die beiden Damen waren im „Fachgespräch unter Männern" auch von ihrem Rundgang zurück, hatten die beiden zwischen den Regalen gefunden. Juliette schaute auf die Autokartons in Louis' Hand, sah Jürgen an. „Wir haben da ein paar schöne Sachen gesehen, kann ich ... darf ich mir auch was kaufen?" „Klar, wenn du möchtest, mach' ruhig". Sie bewegte sich von einem Fuss auf den anderen. „Ne, ich meine kann ich etwas Geld bekommen?" „Ich weiss was gemeint war". Jürgen griff sein Portemonnaie aus der Gesässtasche. Fast zeitgleich kam Rosalies geöffnete Handfläche auch in seine Richtung. „Ich auch?" Irgendwie erinnerte die Situation an die Fernsehserie „Al Bundy". In der der geplagte Schuhverkäufer auch immer wieder sein sauer verdientes Geld unter seine Frau Peggy, seinen Sohn Bud und seine Tochter

---

[5] Spielwaren

„Dumpfbacke" Kelly verteilen musste. Genau so erschien es Jürgen jetzt auch zu ergehen.

Glücklicherweise arbeitete Jürgen nicht als Schuhverkäufer – aber die Analogie liess ihn schmunzeln. Und nachdenken. War das dann nicht so weit hergeholt in der Comedy-Sendung? Einfach nur gut die Realität nachskizziert? Nicht einmal überzogen. „Wir treffen uns dann aber unten, an der Rolltreppe, okay?" Das war reiner Selbstschutz seinerselbst. Nicht dass sie nochmals erschienen und um finanziellen „Nachschlag" bitten würden.

Links von der Eingangstür, natürlich gleichzeitig Ausgangstür erkannte Jürgen einen kleinen Schreibwarenladen. Mehr so eine Ecke in die man eine Art „offenen Kiosk" reingequetscht hatte. Ging mit Louis hinein, wollte sich bei der Gelegenheit die sich jetzt ergeben hatte, ein „Algemeen Dagblad" kaufen.

Nicht lange danach erschienen „unsere Frauen". Jedenfalls sagte Jürgen das so zu Louis, „unsere Frauen". Beide trugen Papiertragetaschen. Waren also „fündig" geworden. „Erfolgreich?" Eigentlich blöde Frage, warum sonst sollten die Taschen in ihren Händen baumeln. Rosalie hatte sogar zwei in der Hand. Wie zur Erklärung, zur Entschuldigung hielt sie eine davon in die Höhe. Das ist für Juliette. Ein paar Slips". „Und du? Für dich nichts?"

Die Antwort gab Juliette. „Mama hat sich auch Slips gekauft. Und Brüstehalter". Rosalie korrigierte sie. „Das heisst Büstenhalter, nicht Brüstehalter". „Aber das ist doch für die Brüste. Für deine Brüste". Amüsiert wandte Jürgen sich an Juliette. „Und du? Was hast du Schönes?" Sie zog ein Röckchen aus der Papiertasche. „Schick. Gewagt". Für Jürgens ungeschulten Blick hätte das Teil auch locker als etwas breiterer Gürtel durchgehen können. „Damit brauchst du dich aber nicht grossartig bücken. Ist echt schon sehr gewagt, sehr aufreizend".

Wir gingen jetzt Richtung Marktplatz. „Das brauchtest du jetzt aber nicht so sagen. Das mit dem Bücken". Rosalie hatte Jürgen an die Hand genommen. „Wieso?" „Ja Mann, wegen Bücken und so". Er blickte zu Rosalie, musste grinsen. „Das ist aber dann eher deine dreckige Phantasie. Ich meinte genau was ich gesagt habe. Sich bücken. Nach irgendwas. Um was aufzuheben zum Beispiel. Nicht was du denkst". Rosalie drückte seine Hand. „Ist schon klar. Klar ist das meine dreckige Phantasie. Du hast das ja nicht. Du doch nicht. Du guckst dir doch auch keine Pornofilmchen an. Du doch nicht. Die ... die du zuhause hast sind sicherlich nur ausgeliehen. Beahrst du für Freunde auf". Rosalie drückte seine Hand, gab ihm einen Kuss auf die Wange. „Erzähl' mir doch nix".

Sie kauften ein paar Leckereien auf dem Markt, Süsskram grösenteils, eine grosse Portion „Poffertjes", mit reichlich Puderzucker - die ziemlich schnell verputzt wurden. An der nur wenige Schritte entfernten „Sint Jacobskerk" läuteten die Glocken. 18 Uhr. So langsam sollten sie Richtung Fährhafen aufbrechen. Die Fahrräder müssten sie noch abholen und natürlich auch zurückbringen. Essen wollten sie auch noch bevor sie die Fähre nach Breskens nehmen mussten.

„Passt das alles noch? Zeitlich?" „Ja, das klappt alles. Die letzte Fähre geht um zehn Uhr". „Aber so spät möchte ich nicht zurück". „Schon klar. Nur so als Info. Passt schon alles".

Bis zu dem „Eetcafé", an dem sie die Fahrräder abgestellt hatten war es nicht weit. Und der Fahrradverleih war auch nicht davon entfernt. Und dann runter zum Jachthaven auch nicht. Mehr oder minder alles an einer Stelle. Im Hafen würde sich garantiert ein nettes Restaurant finden lassen. Dann noch ein paar Schritte auf die Fähre. Tickets hatten sie eh schon, da Jürgen Hin- und Rückfahrt heute Morgen zusammen bezahlt hatte.

Für die Fahrrad-Ausleihe hatten sie knapp dreissig Euro zu zahlen. „Das Geld hätten wir uns eigentlich sparen können" bemerkte Rosalie. „Tja, hinterher ist man meistens schlauer. Meistens. Manchmal ist man hinterher auch einfach ärmer. Oder überfressen. Oder betrunken. Oder schwanger"" bestätigte Jürgen ihre Feststellung, während er zwei Geldscheine auf die Verkaufstheke zählte. „Macht aber nichts, dann isst du gleich nichts – und schon haben wir die Kohle wieder im Sack" konterte Rosalie seinen Spruch aus.

Direkt am Fähranleger fanden sie eine tolle „Brasserie". Beste Lage. Blick auf die kleinen Yachten und Segelboote, aber auch auf die Westerschelde, die sich vor ihnen erstreckte. Ein reges Treiben an Schiffen in allen Grössen herrschte auf dem „verkehrsreichsten Fluss Europas". Ab und an trennten sie von ihren Terrassenplatz maximal ein paar Hundert Meter von den „Pötten". Lotsenboote fuhren ein und aus.

Es wurden zwei verschiedene Speisenkarten angeboten. Eine mit richtigem „Menu", eine weitere mit „Kleinigkeiten". Louis entschied sich für „Broodje Gezond". Das war genau das Richtige für seinen Geschmack, wie er befand. Aber mehr eigentlich, weil er den Namen so lustig fand. „Broodje Gezond" – Ei, Schinken, Käse. Rosalie entschied sich für Salat mit Hühnerbruststreifen, Juliette für ein grosses Omelett und Jürgen für Tomatensuppe. Zum krönenden Abschluss für jeden „Brüsseler Waffeln".

„Das war ein sehr schöner Ausflug. Was sagt ihr, Kinder?" Das schmeichelte Jürgen, dass Rosalie das sagte. Lediglich der Gedanke, dass der Urlaub in zwei Tage enden musste war blöd. Das behielt er aber für sich.

„Der Hunni"

Gegen neun legte die Fähre in Vlissingen ab, knapp dreissig Minuten später waren sie in Breskens. Jetzt noch eine kurze Strecke mit dem Auto. Nicht einmal zwanzig Kilometer.

Louis war bereits in seinem Kindersitz eingeschlafen. Behutsam hob Jürgen ihn heraus, trug ihn nach oben. In das Ferienappartment. Rosalie übernahm den Rest, brachte ihn zu Bett.

Juliette verschwand kurz in ihr Zimmer, kam schnell zurück, präsentierte ihr Röckchen. Drehte sich im Kreis. „Sag' mal ehrlich. Sieht doch gut aus, oder?" Jürgen sah sie an. „Komm' mal ein Stück näher, bitte". Juliette trat heran. Er zog am Saum des Röckchens, um ihn ein „kleines Stück" tiefer sitzen zu lassen. „Du musst auf jeden Fall – immer – einen Schlüpfer anziehen. Das ist schon sehr knapp".

Rosalie, die hinzugekommen war, war direkter in ihrer Meinung. „Damit kannst du dich nicht einmal hinsetzen. Dann kannst du deine [6]Minou auch direkt zeigen. Brauchst erst gar nichts anziehen". Juliette errötete gleich. Jürgen schaute Rosalie an. „Was heisst das? Minou?" Sie sah ihn an. „Das ist doch bestimmt deine Sprache. So sagt man in Frankreich zu Muschi, zu Fotze". Dann blickte sie Juliette an. „Willst du das? Deine Minou zeigen? Turnst du deswegen hier so rum. Zieh' das aus. Zieh' dir was anderes an. Wenigstens eine Leggins drunter".

„Züchtig" umgezogen kam Juliette zurück. Zu dritt schauten sie noch etwas im Fernseher an. Aber weil Juliette eben wenig bis nichts verstand verlor sie schnell das Interesse. „Ich geh' dann in mein Zimmer. Gute Nacht".

---

[6] Miezekatze

Dann fiel Jürgen wieder das „Algemeen Dagblad" ein. Holte die Tageszeitung aus seiner Jacke, in die er sie reingefaltet hatte. Nach einigem Blättern hatte er die Seite, die ihn vormittags aufmerksam gemacht hatte wieder gefunden. Studierte aufmerksam die Anzeige. Von „Walibi", einem Freizeitpark. Am Stadtrand von Brüssel gelegen. „Hier schau' mal" bat er Rosalie. „Das würde ich den Kindern gerne zum Abschluss schenken". „Was für ein Abschluss?" „Unseren Urlaubsabschluss. In zwei Tagen müssen wir zurück".

„Wo ist das genau?" Jürgen holte eine Strassenkarte zur Ansicht. „Hier. Ausserhalb von Brüssel". Rosalie blickte auf die Karte. „Ist das nicht ein bisschen weit?"

Womit sie natürlich Recht hatte. „Bis Walibi sind es etwa 150 Kilometer von hier". „Dann sitzen wir ja mehr als vier Stunden im Auto. Das ist ja wohl ein bisschen viel, oder? Für die Kinder, für Louis auf jeden Fall".

Jetzt nahm Jürgen das „Algemeen Dagblad" hinzu. „Schau' mal bitte. Das Angebot". Rosalie nahm die Zeitung zu sich herüber. „Walibi und Leonardo Hotel Wavre. 54 Euro pro Person". Sie sah Jürgen an. „Das sind ja dann wieder 200 Euro. Und wofür Hotel?" Mit einem sanften Ruck zog Jürgen ihr die Zeitung weg. „Der Normalpreis Walibi ist 45 Euro. Hier. Guck'. Also Hotel sozusagen für 9 Euro. Und dann fahren wir auch nicht zurück hierhin, sondern von da aus nach Hause. Am nächsten Tag".

Rosalie setzte sich auf die Armlehne des Sessels. „Das hast du dir alles schon ausgedacht. Das ist doch schon fix bei dir, oder etwa nicht?"

„Ja. Die beiden werden sich garantiert ein Bein abfreuen. Weil sie auch gar nichts wissen". Rosalie grinste. „Du lässt aber auch keine Gelegenheit aus um dich wieder interessant zu machen. Du weißt das immer noch - dass du über die Kinder an mich rankommst. Das weißt du, oder?" Sie legte einen Arm um seine Schulter. „Du musst jetzt nur so bleiben wie du die

Tage hier warst". Gab Jürgen einen Kuss auf die Wange. „Bloss nicht nachlassen".

Erneut küsste sie ihn, diesmal seitlich auf seinen Hals. „Drehst du einen Joint? Ich geh' mal ins Bad, nehm' meine Kontaktlinsen raus".

✶✶✶✶✶

Rosalie trug nur noch Unterwäsche als sie zurückkam. „Gefällt dire das Set. Das habe ich mir gekauft".

Ein bordeauxfarbene Kombi aus Slip und BH – ein Set, so hatte sie es ja gerade genannt. Slip besetzt mit Spitze an den Schenkeln. Der Büstenhalter oberhalb der Körbchen auch mit Spitze versehen. „Und …". mit den Händen hatte sie den BH geöffnet. „… Verschluss an der Vorderseite". Den Joint, der zum Glück fertig gedreht war, legte ich beiseite. „Zeig' mal. Lass' mal sehen bitte". „Wie das zu öffnen ist". „Gleich. Lass' uns rüber gehen. Ins Bett".

Den Joint hatte ich, nachdem ich ihn angezündet hatte, zweimal tief daran gezogen hatte, an Rosalie weitergegeben. Während sie jetzt inhalierte öffnete ich den „Frontverschluss" Ihres BH. „Sehr praktisch. Nicht dieses auf dem Rücken rumgefummel". Klappte die Körbchen wie Flügel zur Seite. „Und direkter Zugang zu deinen Brüsten".

Rosalie reichte mir den Joint an, den ich aber sofort in den Ascher ablegte, sie sanft auf das Bett drückte. Direkt wieder zu ihren Brüsten griff. Erst noch über den Spitzenstoff streichelnd, dann aber versuchte den BH „aufzuklappen", um ihre nackte Haut zu spüren. Rosalie hielt meine Hände fest. „Ne, lass' zu. Steck' deinen Schwanz dazwischen. Unter den BH. Zwischen meine Titten". Ich schaute sie an. „Zeigst du mir deine Minou?" Rosalie lachte leise. „Klar, dass du dir das Wort direkt gemerkt hast".

Wie in den vergangenen Tagen zuvor – wenn wir miteinander schliefen - war ich sehr „behutsam" mit meinen Liebkosungen. Befasste mich lange und ausgiebig mit ihren Brüsten – so wie Rosalie es mochte. Biss sanft in ihre steifen Brustwarzen, wenn überhaupt. Liess mein Gesicht zwischen ihren Schenkeln verschwinden, meine Zunge mit ihrer Klitoris spielen. Streichelte sie über und über, während sie mit ihren Händen durch meine Haare fuhr. Mehr und mehr bewegte sich ihr Unterleib, bestimmt würde sie bald zu ihrem Höhepunkt kommen. Rosalie hielt meinen Kopf fest, zog mich leicht nach oben. „Schluss mit dem Blümchensex. Steck' deinen Schwanz rein. Fick' mich". Mein Gesicht hatte sie an ihre Brust gedrückt. „Sag' irgendwas Nettes zu mir. So wie *Schnecke* oder *Liebling* oder so was. Nichts Versautes".

Mein rausgepresstes „Ja Boss" hatte sie nicht wahrgenommen – oder einfach überhört. „Und meine Titten … Beiss' in meine Nippel. Aber nicht zu fest". Ihre Brustwarzen standen hart vom Brustwarzenhof ab.

Mit beiden Händen legte ich ihre Beine über meine Schulterblätter, stützte mich auf ihrem Brustkorb mit den Händen ab, drückte sie fest in die Matratze. Unsere Schambeine stiessen leicht schmerzhaft gegeneinander. „Ja. Tiefer. Fester" forderte Rosalie mich auf. Ich wünschte mir für einen Moment, dass mein Pimmel grösser, länger wäre. Am liebsten wäre ich ganz in ihren Unterleib reingekrochen.

Unter lautem Stöhnen kamen wir fast zeitgleich zum Orgasmus. Rosalie hielt meinen Kopf fest. „Bleib' in mir".

Ein kleines Stück hob ich mein Becken an, mehr war gar nicht nötig. Kleiner und schlaff flutschte mein Pimmel aus ihr heraus. „Bleib' in mir". Rosalie hielt mich an der Hüfte. Ein Gemisch aus Scheidenseket und Sperma lief über meinen Penis. Warm und glibberig – wie eine frisch gekochte „Weisse Bohnensuppe" – leicht sämig und fädenziehend.

Immer noch zwischen ihren Schenkeln drehte sie mich auf die Seite, griff meinen Penis. Schlaff wie er war. Rollte sich ganz auf mich, glitt herunter, nahm ihn in dem Mund, spielte wie irre mit ihrer Zunge mit dem schlaffen Pimmel. Hörte dann auf, spuckte eine enorme Menge Speichel auf meinen Unterleib. Spuckte war gar nicht der richtige Ausdruck. Sie rotzte mich voll. Sah mich an. „Willst du die Mama noch mal ficken? Zwischen die Titten?" Schon hatte sie ihre Brüste mit beiden Händen über meinen Pimmel gestülpt, bewegte sie auf und ab.

„Was redest du da? Was soll das? Die Mama ficken? Welche Mama? Deine? Meine? Was soll die blöde Frage?" Rosalie schaute auf. „Mann, mich. Das sagst du doch immer – die Mama". Ich sah sie nur an, sagte nichts. „Willst du mich noch mal ficken, deine Freundin? So besser?"

„Da geht nix, das siehst du doch". Rosalie kam zu meinem Gesicht, küsste mich. So saftig, so flüssig – als hätte sie jetzt gerade ihr Geschlechtsteil über meinen Mund gestülpt. Dabei machte sie mit einer Hand weiter. Zog meine Vorhaut auf und nieder. Erst sanft, dann fester und weiter zurück. Sehen konnte ich das nicht, nur spüren. Auch wie mein Pimmel wieder dicker wurde.

Ich drückte sie zurück. „Ich will das sehen". Schob meinen Hintern weiter in Richtung Fussende des Bettes, so dass ich sitzen konnte, spreizte meine Schenkel. „Jetzt mach' bitte weiter, leck' mich – und nimm meinen Pimmel auch zwischen deinen Titten. Ich will das sehen". Rosalie schaute mich an während sie meinen Pimmel in ihrem Mund rotierte. Liess ihn wieder und wieder aus ihrem Mund flutschen. „Du stehst ja voll auf dieses Nuttige. Unglaublich". Ich zog sie auf mich, auf meinen Schoss. „Irgendwie schon. Aber das wird nix mehr, ich krieg' keinem mehr hoch. Heute nicht mehr".

Rosalie schlang ihre Arme um mich, lehnte ihren Kopf an meine Schulter. „Ist dir das auch schon mal bei einer Nutte passiert? Dass dein Schwanz nicht steht?"

„Das nicht. Aber einmal war es so, dass ich kurz nachdem sie meinen Pimmel aus der Hose genommen hat schon bereits in ihrer Hand gekommen bin". Rosalie lachte. „Dann war das ja ein kurzes Vergnügen". Sah mich jetzt an. „Und teuer auch noch. Was kostet so was überhaupt? Bei den Nutten?" „Zu der Zeit einhundert Mark, mit reinstecken. Wieso?" Rosalie nahm mein Gesicht in ihre Hände. „Verdammt. Weißt du wieviel Hunnis du schon mit mir weggefickt hast?"

*****

Warum erzählte ich ihr das jetzt überhaupt? Wir unterhielten uns weiter, hatten uns komplett auf das Bett gelegt. Aneinandergeschmiegt.

„Wann warst du denn das letzte Mal bei einer Nutte? Im Puff?" Jürgen sah Rosalie an. „Schon ewig nicht mehr. In jedem Falle nicht seit wir zusammen sind. Nicht mal mit einer anderen Frau habe ich geschlafen. Nur mit dir. Und du?" Rosalie schmunzelte. „Ich war noch nie bei einer Nutte. Oder im Puff. Gibt es sowas überhaupt? Nutten für Frauen? Oder einen Puff für Frauen?"

Zärtlich streichelte ich über ihre Wange. „Und einen anderen Typen?" Sie klimperte mit den Wimpern. „Nein. Nur dich". Irgendwie schien sie das Thema aber nicht loslassen zu wollen, fragte weiter. „Und was für Typen von Frauen hast du gewählt? Im Puff? Immer die gleiche?"

„Soll ich das – muss ich das jetzt alles erzählen? Warum willst du das denn wissen? Warum ausgerechnet jetzt?" Mit den Fingerspitzen fuhr sie über Jürgens Brustkorb. „Ist doch interessant. Irgendwo muss doch dieses Porno-Ding in deinem Kopf herkommen".

*****

Das Kopfkissen schüttelte ich kurz auf, steckte es hinter meinen Rücken, setzte mich aufrecht. „Immer andere. Und immer welche mit strammen Brüsten". Rosalie grinste. „Aha. Wegen Tittenfick". „Ne Rosalie. Das läuft nicht bei Nutten. Das ist nur in Pornofilmen so".

Mittlerweile hatte sie ihren Kopf auf meinen Brustkorb abgelegt, der ihre sanfte Stimme wie ein kleiner Lautsprecherkorpus etwas verstärkte. „Du hast es lieber etwas härter, oder?" Mit beiden Händen zog ich ihr Gesicht an meines heran. „Aber ich finde es auch schön, so wie du es magst. Das Blümchenmässige - wie du es nennst. Aber das allerwichtigste ist mir dabei, dass du es bist. Ich steh' auf dich. Ob härter oder sanfter. Hauptsache mit dir".

Rosalie küsste mich. „Mir geht es genau so. Du weißt genau wie du mich zum Orgasmus bringst. Und wahrscheinlich mag ich es auch – irgendwie – etwas heftiger. Sonst würde ich wohl auch nicht anders reden bevor ich komme".

„Wie? Was meinst du jetzt?" Rosalie sah mich an. „Sonst rede ich ja nicht so. Dass ich sage *Fick' mich*. Oder dass du deinen Schwanz reinstecken sollst". Sie machte eine kleine Pause, sah mich fest an. „Ja, dann will ich auch gefickt werden. Nicht Sex haben oder mit dir schlafen. Einfach nur gefickt werden. Von dir. Will deinen Schwanz in mir spüren".

Sie zog mich auf sich. „Fick' mich. So wie du es magst. Von hinten. Aber nicht in meinen Arsch. Fick' mich". Langsam glitt ich wieder von ihr herunter. „Rosa, ich kann nicht mehr. Ich bin leer". Rosalie lachte. Mich an. „Das sagst du auch immer zu mir, wenn du kommst. Rosa. Nicht Rosalie". Sie zog mich wieder auf sich. „Dann leck' mich. Nimm deine Finger. Fick' mich". Ich muss sehr grosse Augen gemacht haben. „Echt jetzt?" Rosalie legte sich in Position. „Ja".

„Epilog"

Rosalie und Jürgen waren dazu zurückgekehrt „normal" zu reden. Sich zu liebkosen. Von einer Unterhaltung immer unterbrochen. „Wann willst du den morgen los? Wie sieht denn dein Plan aus?" Aus dem Ascher hatte Jürgen den Joint herausgenommen, nahm einen Zug. „Der Park öffnet um zehn Uhr. Nicht viel später möchte ich schon da ankommen. Jedenfalls nicht später als elf Uhr". Rosalie streckte ihre Hand aus. „Ich möchte auch noch mal rauchen".

Sie blies eine Rauchwolke aus. „Wegen der Kinder. Und wir müssen dann ja auch alles packen, wenn wir gar nicht mehr hierher zurückkommen". Sie reichte Jürgen die Tüte wieder an. „Zieh' noch mal. Und dann leg' die in den Ascher". Sie streichelte über seinen Bauch, wanderte mit der Hand aber schnell in Richtung seines Unterleibs. „Wollen wir noch mal …?"

„Wollen? Können ist da eher die Frage". Jürgen griff sich in den Schritt. Rosalie nahm meine Hand. „Also ich will. Und ich kann. Du auch gleich". Spielte mit seinem Pimmel. Sah ihn dabei unentwegt an. Auffordernd. Fordernd. Nach einem Moment zog sie ihn wieder auf sich. „Der wird schon dicker. Steck' ihn doch einfach rein, dann wird der bestimmt steif". Jürgen versuchte es, bewegte sich in ihr. Rosalie bekam einen kleinen Lachanfall. „Hörst du das? Das sind deine Eier die gegen meinen Arsch klatschen. Hör' mal". Sie griff unter sich hindurch. Nahm seinen Hodensack in die Hand. Weiterhin sichtlich amüsiert. „Die baumeln voll hin und her".

Das hatte aber weder auf Jürgen noch auf eine Erektion „positiven Einfluss". Er versuchte ihre Hand zu fassen. „Hör' auf. Ich hab' schon verstanden. Schlaffe Eier, schlaffer Pimmel, schlaffer Typ". Rosalie zog sein Gesicht an ihres. „Machst du es mir noch mal?" Echt. Sie konnte nicht nur noch mal, sie wollte auch. „Ist das vom Kiffen? Dass du so bist? So nimmersatt?" Rosalie küsste ihn innig. „Nein, nicht vom Kiffen.

Wegen dir. Wegen mir. Wegen uns. Lass' es uns noch einmal versuchen. Mit allem. Nicht nur im Bett".

Als sie ein weiteres Mal zum Orgasmus kam drückte sie mit ihren Händen seinen Kopf fest zwischen ihre Schenkel.

*****

„Kinder. Aufstehen. Wir müssen bald los". Rosalie war zu beiden in die Zimmer gegangen, weckte sie auf, während Jürgen schon damit beschäftigt war den Frühstückstisch einzudecken. „Wir müssen los. Bald. Der Papa hat eine Überraschung für euch" hörte er ihre Stimme den Kindern zuredend. Louis war der Erste der in der Küche erschien. „Was für 'ne Überraschung?" Jürgen schob ihm den Zeitungsartikel hinüber. „Da fahren wir gleich hin". Was ist das?" „Ein Abenteuerpark". Freudig lief er zu Juliette ins Zimmer. „Los steh' auf. Wir fahren in einen Abenteuerpark".

Juliette war nicht so fit, noch schläfrig. „Was ist denn los?" Auch ihr erklärte Jürgen die Situation. Die getroffene Entscheidung. Die jetzt nicht mehr nur seine Idee war, auch von Rosalie voll mitgetragen wurde. Die jetzt auch in die Küche gekommen war. „Papa schenkt euch das. Eine Überraschung". Jürgen zog einen Stuhl für Rosalie vom Tisch ab. „So, setz' dich zu uns, lass' uns frühstücken. Dann alles einpacken". Juliette sah auf. „Wieso einpacken?"

Das musste sie ja auch noch wissen. „Wir bleiben den ganzen Tag da. Bleiben da in einem Hotel. Und dann morgen weiter nach Hause". Louis sah Jürgen mit grossen Augen an. „Den ganzen Tag? In dem Park? Bis es dunkel wird?" „Ja, mein Süsser. Und ihr bestimmt. Alles".

Rosalie schob ihr Geschirr beiseite. „Du räumst die Küche auf, okay. Und du Juliette packst deine Klamotten. Ich kümmer' mich um Louis' Zimmer und um unsere Sachen. Dann sollte das alles relativ fix gehen".

*****

Die Mädels hatten ganze Arbeit geleistet, alles zügig eingepackt. Bereits kurz nach neun Uhr konnten wir aufbrechen. Unser Gepäck war im Kofferraum verstaut, ergänzt durch diverse Taschen aus den Shopping-Touren.

Der bullige Sechszylindermotor des Volvos surrte satt und niedrigtourig. Weiter geht es …

200
JAN VAN RENESSE

Lektorat: Rolf Schade

Klappentext: Judith Mücher

Coverfoto: Pixabay

„Das Gleiche lässt uns in Ruhe, aber der Widerspruch ist es, der uns produktiv macht".
Johann Wolfgang von Goethe

****
Von Herzen bedanke ich mich bei Ihnen, liebe Leser*innen. Sie haben bis hierhin gelesen, was keine Selbstverständlichkeit ist. Ich hoffe, Sie hatten viel Freude dabei und ich konnte Ihre Neugier wecken, wie es in den folgenden Buchtiteln weiter geht.

Gerne höre ich Ihre Meinung und Ihr Feedback
www.vanrenesse.de
jan@vanrenesse.de
****

JAN VAN RENESSE entdeckte schon in jungen Jahren seine Liebe zum Schreiben. Erlebtes festzuhalten und aus seiner Sicht zu interpretieren. Nach einigen beruflichen Ausflügen fand er zu seiner wahren Leidenschaft, dem Schreiben, zurück.

Die Vergangenheit und die Jugend rückblickend zu erleben, das ist das Thema der Romane von JAN VAN RENESSE.

JAN VAN RENESSE erzählt Erlebnisse, nimmt die Leserinnen und Leser quasi mit in eine andere Zeit.

Mit seinen Büchern erhält man einen tiefen und abenteuerlichen Einblick in die Welt heranwachsender junger Menschen. Darüber hinaus vermittelt die reife und dennoch emotionale Sprache dem Leser das Gefühl, die Auseinandersetzung mit Liebe, Lust und Begehren selbst miterlebt zu haben. So gewinnt man durch die authentisch vermittelten Aspekte wichtige Erfahrungen und Lebensweisheiten, auch wenn man sie in der Realität vielleicht nicht selbst erlebt hat.

Der avantgardistische, flüssige Schreibstil des Autors ist mit einer amüsanten, aber auch berührenden Note versehen, die es dem Rezipienten leicht macht, sich mit dem Protagonisten zu identifizieren.

Die eloquente Ausdrucksweise des Autors lassen mühelos intensive Bilder der beschriebenen Situationen im Kopf des Lesers entstehen, so dass dieser das Gefühl hat, selbst am Geschehen beteiligt zu sein.

Dem Autor gelingt es hervorragend, Beobachter des Lebens zu sein und seinen Protagonisten in Situationen zu begleiten, mit denen sich der Rezipient aufgrund eigener Erfahrungen leicht identifizieren kann. Spannend und einfühlsam geschrieben, immer wieder mit einer unerwarteten Wendung, die zum Weiterlesen anregt.

Lesen Sie auch die unter dem Autorennamen Gustav Knudsen erschienene Familien-Saga aus den 1980er Jahren.

JAN VAN RENESSE